前／言／

您好，我是本書作者黃色書刊。

首先要感謝手上拿著這本《勇者系列／第四集．牛牛煙與笑笑鬼》的讀者，你們的支持，對我來說是莫大的動力與鼓勵。

第四集有三個截然不同的篇章，在決定標題前也掙扎了一下，要以哪個篇章作為這次的標題，最後決定用「牛牛煙與笑笑鬼」，兩個角色的「決鬥場面」也成為了封面的主題。

在我心中，這個「決鬥場面」或許也是本書最精采的一場戰鬥。

我的人生似乎也遇過好幾次必須與自己戰鬥的時刻呢。

唯有不斷戰勝自己才能往前邁進，但也有沒辦法戰勝的時候吧？
放棄會是一個選項嗎？真的能放棄嗎？
不放棄的話，要戰鬥到什麼時候呢？原地踏步是一種罪過嗎？
仔細想想，故事裡的角色都比我要勇敢呢。

故事來到了第四集，依然要感謝各位讀者，
這個故事如今還能繼續下去，真的都要感謝各位！
希望您會喜歡這次的故事，謝謝。

目錄

特別收錄

第九章

新魔族四天王爭霸戰

讓我們自己選出新的魔族四天王？這樣真的好嗎？
畢竟以前都是魔王直接決定的，我們從沒做過這種事！
要是選的不好，那就是全體魔族的責任了。
我才不要背負這種責任勒！
但，要是魔王選出的四天王不好，遭殃的也是我們啊！
所以……就是讓我們自己決定自己的未來嗎？
總覺得……壓力很大呢……
要是我被選上了該怎麼辦？
不，打從一開始就沒人會推舉你。

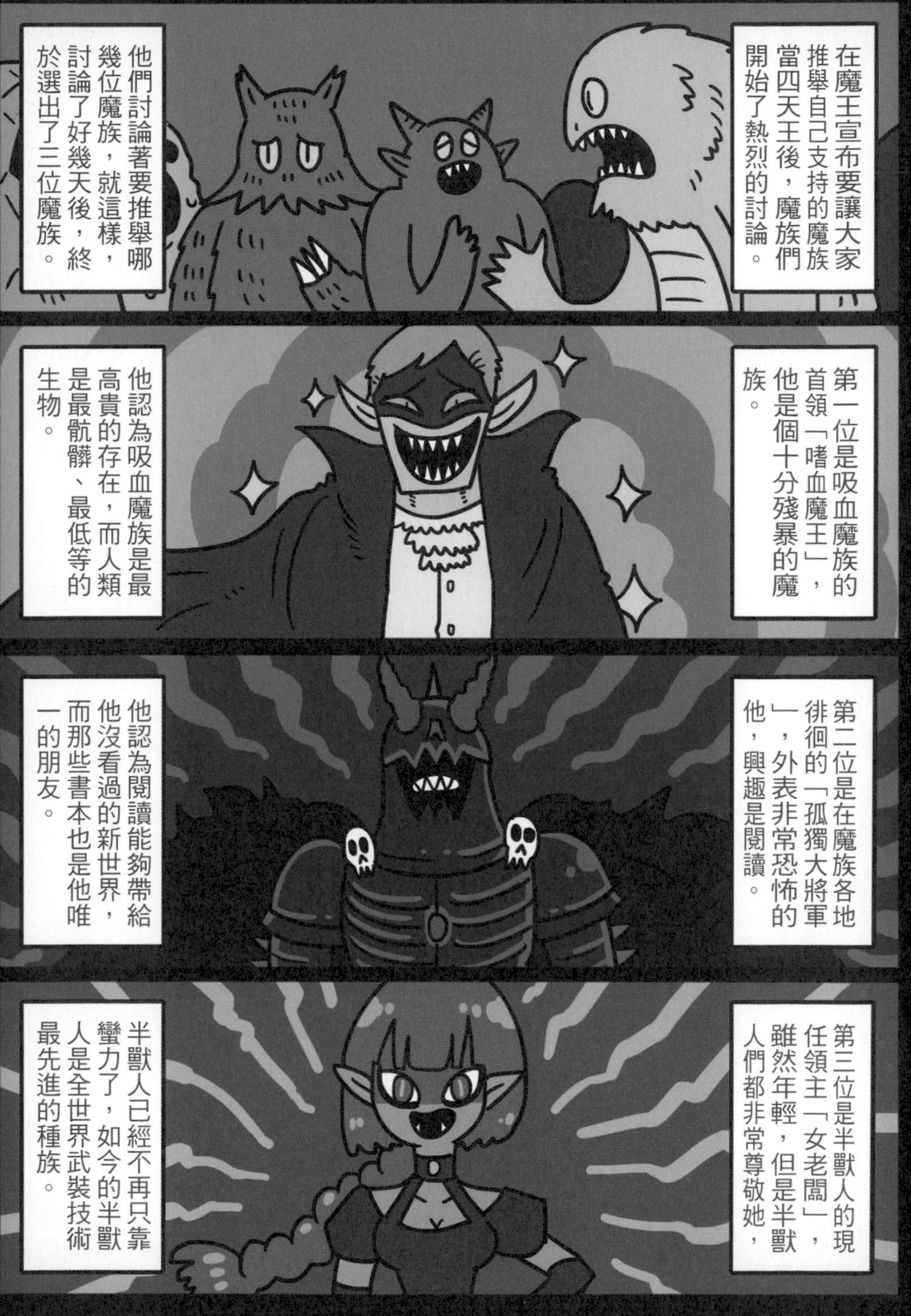
在魔王宣布要讓大家推舉自己支持的魔族當四天王後，魔族們開始了熱烈的討論。
他們討論著要推舉哪幾位魔族，就這樣，討論了好幾天後，終於選出了三位魔族。
第一位是吸血魔族的首領「嗜血魔王」，他是個十分殘暴的魔族。
他認為吸血魔族是最高貴的存在，而人類是最骯髒、最低等的生物。
第二位是在魔族各地徘徊的「孤獨大將軍」，外表非常恐怖的他，興趣是閱讀。
他認為閱讀能夠帶給他沒看過的新世界，而那些書本也是他唯一的朋友。
第三位是半獸人的現任領主「女老闆」，雖然年輕，但是半獸人們都非常尊敬她，
半獸人已經不再只靠蠻力了，如今的半獸人是全世界武裝技術最先進的種族。

大家這次都很認真的推舉出自己支持的魔族，我非常欣慰！
這代表大家都有自己理想中的四天王！
而我們要再從這三位魔族之中選出一位，
被選出的那一位就會補上墮落狂魔的位置，成為新的四天王！
我給各位三十天的時間來做決定！各位都會拿到一枚水晶硬幣，
三十天後，你們要投下你們手上的水晶硬幣給支持的魔族。
獲得最多水晶硬幣的魔族就是新的魔族四天王！
各位！選出自己理想中的魔族四天王吧！

三十天後再決定誰是新的魔族四天王嗎？看來這三十天我們可要好好表現了呢！
三十天就能決定我們的價值嗎？嗯，人生差不多就是這樣吧。
不，我們的價值並不只在於有沒有當上四天王吧，我們就是我們啊。
YELLOW BOOK
說得沒錯！我們就好好享受這個特別的過程吧！
各位大人，你們對於墮落狂魔大人的死有什麼想法呢？
你是說那個衝動行事、沒有策略、不給自己留後路、誤判情勢導致於戰死的墮落狂魔嗎？
我想，所有魔族都只會認為他是個英雄吧？我也是這麼認為的。
嗯，他替魔族翻開了全新的一頁。
愚蠢跟勇敢只有一線之隔，而他是勇敢。

吸血魔城
高貴的嗜血魔王啊！您一定是新的魔族四天王！
不過，為了獲得完全的勝利，請容許在下提出一些方法！
說來聽聽。
我們可以利用一些手段來獲得更多水晶硬幣！像是用您的洗腦術，或是用在下擅長的威脅。
另外，我們還可以利用造謠來破壞另外兩位魔族的形象！這樣大家就不會投給他們了！
這些做法……很不高貴耶！我才不要。
搞得好像我很渴望當上四天王一樣，這種事情就讓魔族的大家自行決定吧！

高貴的嗜血魔王啊！我抓到了兩名叛徒！
他們竟然打算將水晶硬幣投給其他魔族！
我、我只是很想投給同為讀書人的孤獨大將軍啊！
我、我想要投給女老闆！新的魔族四天王就該是女的啊！
嗯，沒事的，放他們回去吧。
我覺得這樣很好啊，每個魔族都該有自己的想法才對嘛！
我們魔族都是高貴的存在，所以你們的想法也都是高貴的。
否定你們的想法就只會顯得我既愚蠢又骯髒，不是嗎？

今天天氣真不錯！很適合來這些魔族的村莊散散步呢！
是啊，這些村莊也因為您的到來而顯得格外高貴呢！
！
孩子，讓我替你披上遮雨的披風吧！
嗜血魔王！您怎麼能將高貴的披風披在這個野孩子身上呢？
別搞錯了，高貴的是我，不是披風！
披風也因為能替這個孩子遮雨而顯得有價值啊！

高貴的嗜血魔王啊！很抱歉讓您來到這個不堪入目的村莊！
我們石像魔一直以來都是非常低等且卑微的魔族……
弄髒了您的披風和鞋底，真是非常抱歉！
開什麼玩笑！
只要是魔族，就是高貴的！千萬別看輕自己啊！
真、真是太抱歉了！還讓您說出這種安慰我們的話，對不起！
不只是人類！連魔族也都沒有將我們放在眼裡啊嗚嗚嗚嗚！
真是的，看來要好好糾正你們這種妄自菲薄的想法了！
每個魔族都有自己的價值，就讓我替你們找出你們最高貴的一面吧！

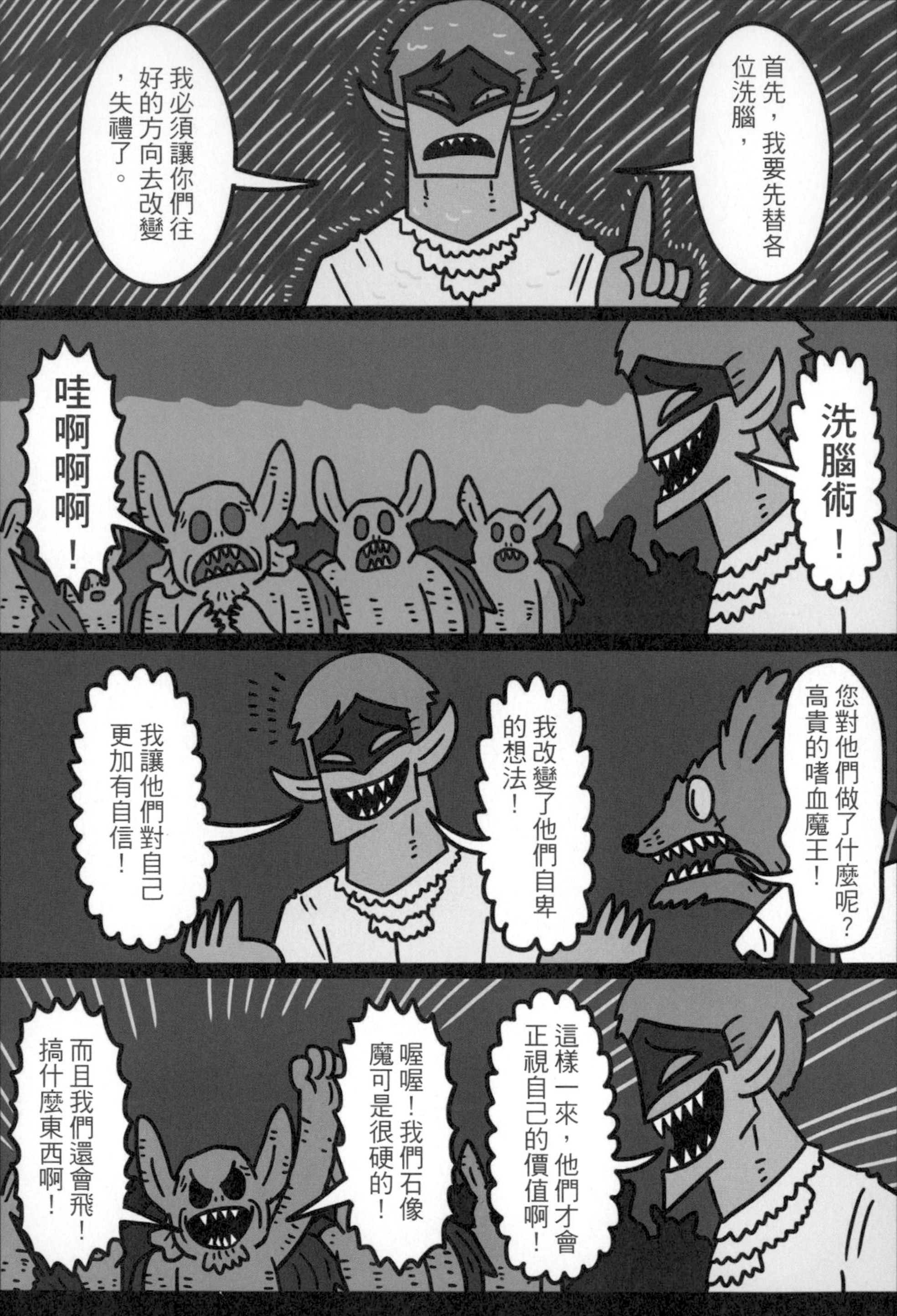
首先，我要先替各位洗腦，
我必須讓你們往好的方向去改變，失禮了。
洗腦術！
哇啊啊啊！
您對他們做了什麼呢？高貴的嗜血魔王！
我改變了他們自卑的想法！
我讓他們對自己更加有自信！
這樣一來，他們才會正視自己的價值啊！
喔喔！我們石像魔可是很硬的！
而且我們還會飛！搞什麼東西啊！

村長！有好幾名勇者正往這裡來！
勇、勇者嗎？這下可真是不妙了啊！
奇怪？如果是以前，我應該只會抱著等死的心態……
對啊！現在我卻覺得好像可以跟勇者打一場看看……
好像可以！我們好像可以和勇者對戰！
沒錯！我們不一定會輸！我們有可能贏！
哈哈哈哈！不錯！這種想法很好！
別忘了！你們都是高貴的魔族啊！

前面就是石像魔村了，
「教團」團員
荊棘勇者
我說你們，都準備好了嗎？
不過就是石像魔而已！牠們的等級很低的呢！
堡壘勇者
快劍勇者
所以我才好奇，為什麼這麼簡單的任務需要派我們這些高手？
這可是魔法學院副院長直接指派的任務，我們要收集到一百顆石像魔的心臟。
「魔法學院」導師
紫色長矛
這個任務可不許失敗，不然副院長會傷心的。
要是讓你們這些低等生物完成任務的話，我才會傷心呢！
！
嗜血魔王?!為什麼你會在這裡！

上啊！各位！展現石像魔的力量吧！
讓那些勇者知道我們的厲害！
不，你們就先退下吧！
LV:20
LV:20
為什麼呢？高貴的嗜血魔王大人！
我並不是說你們低等喔，只是你們的「戰鬥等級」太低了。
LV:66
LV:68
LV:64
LV:67
我還以為會來這裡的也都是些戰鬥等級不高的勇者呢！
沒想到來了那麼多高等級的勇者，你們來這裡是為了什麼呢？
LV:81
沒有必要跟你報備，不過，我們也沒想到會遇到這麼高等的魔族呢，真是頭痛啊。

我們四個人一起上的話，勝算可不小啊！
「天光術」！
天空上的烏雲漸漸消失了！
出現一道非常耀眼的光芒啊！
是、是太陽！嗜血魔王燒起來了！
嗜血魔王啊啊啊啊！
要麻煩你帶那些石像魔逃跑了，等我打贏他們後，我會再去找你們的！
請您一定要獲得勝利啊，嗜血魔王大人！

我可不會讓你們這些石像魔逃走的喔！
「嘲諷」！
可、可惡！明明知道要逃跑，但是……
身體卻不由自主的想要攻擊他！
你們這些石頭混帳！敢去攻擊他試試看！
小心我把你們全部都咬碎！
好、好可怕！
快逃啊！
看來你的「威脅」更厲害呢，狼人！

好了，你們這群名為勇者的低等生物啊……
我將會用盡我的全力來打倒你們！
一下說我們低等，一下又說會用盡全力，你這話還真矛盾啊，魔族。
你們確實是低等生物，但是，你們同時也是十分強悍的敵人。
用盡全力對付眼前的敵人，可是一件非常高貴的行為呢！

魔法學院
你還真喜歡來這裡看書呢。
SAD
因為這裡是全世界最多書的地方啊！真謝謝妳一直讓我來看。
可不能被別人發現啊，不然就算是我，也是會被說話的。
SAD
要是全世界的大家都能一起坐下來好好看本書就好了呢。
這種事情只會出現在童話故事書裡吧。

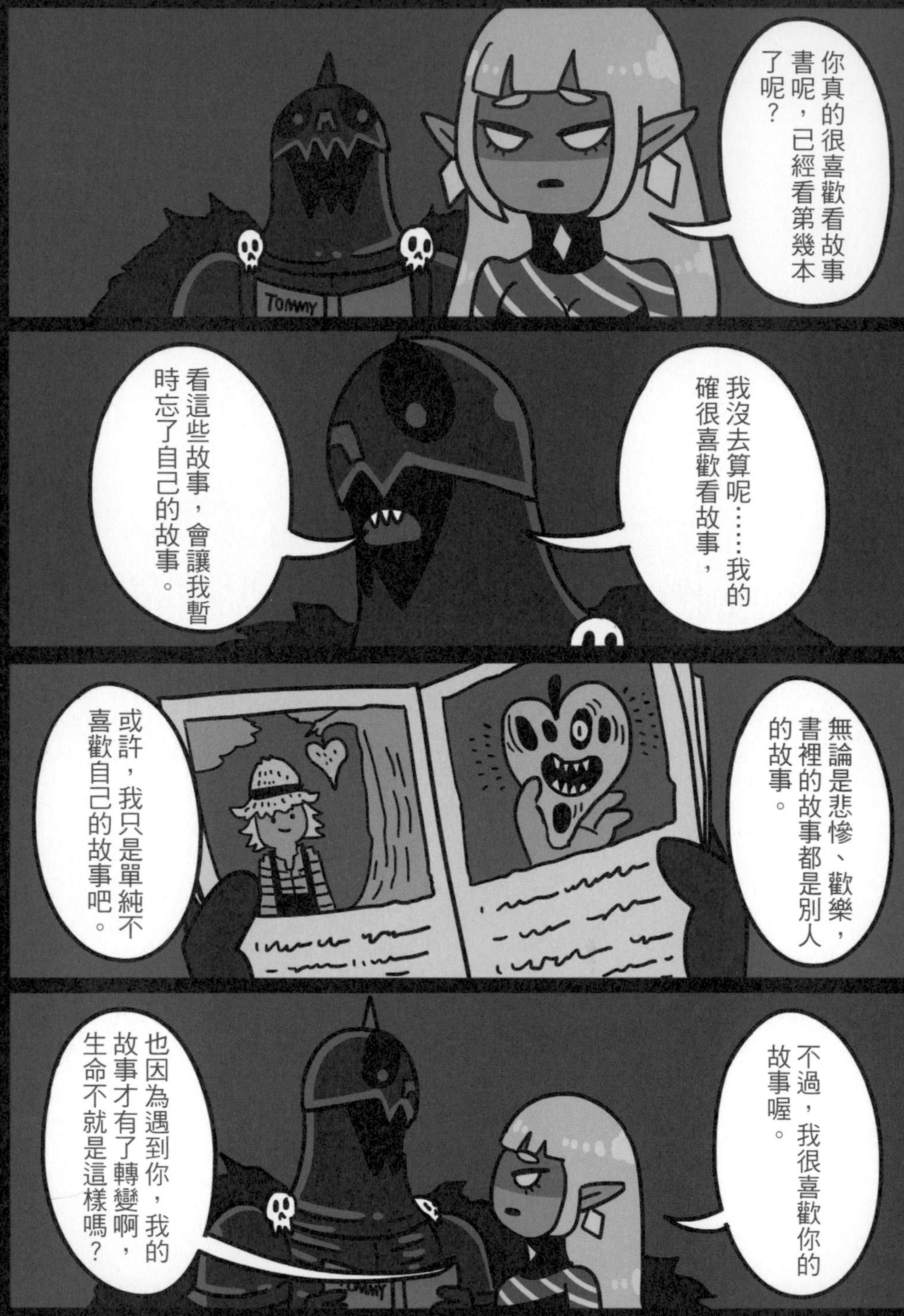

你真的很喜歡看故事書呢，已經看第幾本了呢？
TOMMY
我沒去算呢……我的確很喜歡看故事，
看這些故事，會讓我暫時忘了自己的故事。
無論是悲慘、歡樂，書裡的故事都是別人的故事。
或許，我只是單純不喜歡自己的故事吧。
不過，我很喜歡你的故事喔。
也因為遇到你，我的故事才有了轉變啊，生命不就是這樣嗎？

孤獨大將軍一出生就有著一張極為不祥的面容，
其他魔族對他的長相感到十分恐懼，都不敢接近他。
他也非常厭惡自己的長相，於是，他想到了一個方法——
他將自己的臉孔藏在頭盔之下，這樣就沒人看得到他的臉了。
果然，在他藏住自己的長相後，許多魔族都願意和他交朋友，
實在是可喜可賀啊。
然而，他卻感到非常噁心，無論是對自己的長相，還是對這些所謂的「朋友」。
於是他決定要遠離群體生活，享受獨自一人的日子。

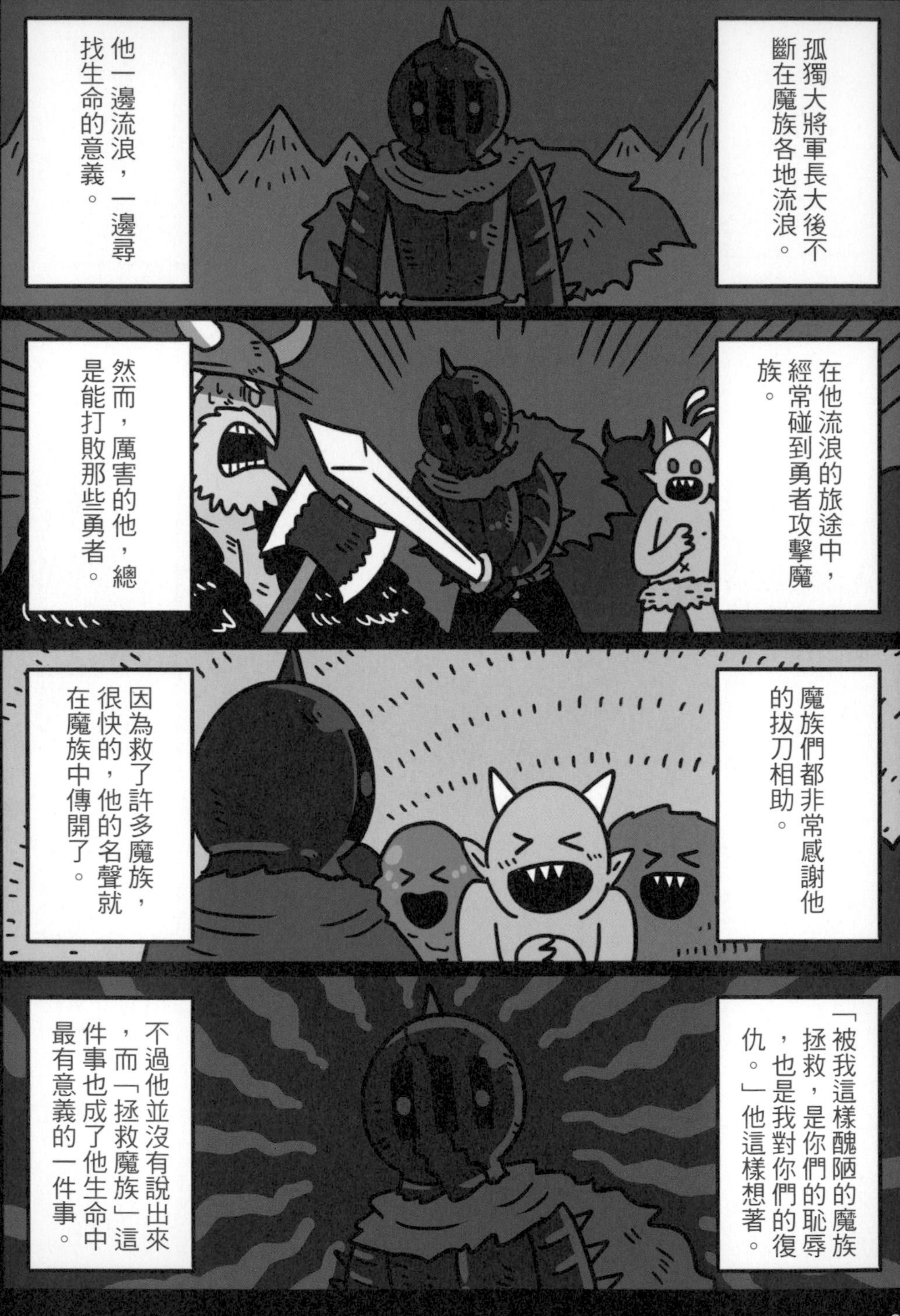
孤獨大將軍長大後不斷在魔族各地流浪。
他一邊流浪，一邊尋找生命的意義。
在他流浪的旅途中，經常碰到勇者攻擊魔族。
然而，厲害的他，總是能打敗那些勇者。
魔族們都非常感謝他的拔刀相助。
因為救了許多魔族，很快的，他的名聲就在魔族中傳開了。
「被我這樣醜陋的魔族拯救，是你們的恥辱，也是我對你們的復仇。」他這樣想著。
不過他並沒有說出來，而「拯救魔族」這件事也成了他生命中最有意義的一件事。

燒了她！燒了她！
燒死那個精靈！
他們一家人都是令人作噁的精靈族！
都是會使用魔法的怪物！
這世界上只有勇者可以使用魔法！
你們的存在就是在侮辱魔法啊！
喂！他是誰啊？
哇啊啊啊！

謝謝您救了我，但是我值得讓您消滅一整座人類村莊嗎？
這無關值不值得，只是因為我想這麼做。
不過，精靈族不是很久以前就被「歸類」成人類那一邊了嗎？
為什麼那些人類要對你們做這種事？
許多人類認為，除了勇者以外的「村民」都不應該擁有魔法的力量。
只要是村民，就必須是弱小的，稍微有能力的村民就會被眾人排擠。
相反的，不管勇者有多強大、多有權力，都沒人在意。
人類對於「同類」還真是小心眼啊。

既然你們都會用魔法，那妳的父母為什麼不反擊那些人類呢？
因為我父母說，魔法是用來保護人類、對抗魔族的！
可是把妳從人類手中救出來的我，就是魔族呢……妳要對抗我嗎？
我也不知道啦。

魔法學院到了。
這就是我父母原本想帶我來的地方，真希望他們也在……
謝謝您救了我，而且一路上保護著我。
好啦，妳就在裡面好好交朋友、好好學習吧！我相信妳會做得很好！
哈哈，你幹嘛說這種像是父母會說的話！
就是覺得有點感慨吧！不過，我想妳以後應該也不會想再見到我吧。
會啦！會想再見到你啦！
……謝謝。

呀呵！我終於又放假啦！
妳不用每次休假都來找我啦，妳應該還有其他想做的事吧？
這句話我已經聽十幾年囉！欸！跟你說！我終於獲得進圖書館借書的資格了！
嗯……真可惜我看不懂這些字呢。
沒關係！我可以慢慢教你認識這些字！
BRAVE STORY
妳看起來還真是得意啊。
當然！因為我終於有東西能夠教你了！
BRAVE STORY

經過長時間的教導，孤獨大將軍慢慢看得懂書中的每個字了。
他也漸漸愛上閱讀的感覺。
我以前從來沒有為任何一件事感到著迷，
雖然我擅長戰鬥，但我並不喜歡戰鬥。
MA
在我看得懂字以後，閱讀就成了我生命中最喜歡的一件事。
謝謝妳。
MA
……嗯！

嘿！我要送你禮物！一個全新的頭盔！
謝、謝謝……
我最近正想換一個頭盔呢，我、我要送妳什麼回禮才好呢？
那就……讓我看看你頭盔下的長相吧！我都還沒有看過呢！
嗯……妳看了以後可能會很失望……
……
你長得很好看呢！嗯！跟我想像的一樣！
我這輩子最想聽到的一句話，竟然是從妳口中說出來的！嗚嗚嗚嗚嗚，謝謝妳！
欸？你這樣就滿足了嗎？我還能說更多你想聽的話喔！

我變成導師了耶！我要以成為圖書管理員為目標，這樣你就能在裡面盡情看書了！
嗯，妳一定可以的。
唉，導師的工作好多好累喔！要處理一大堆雜事，還要去支援一堆麻煩的任務！
真是辛苦妳了……
圖書管理員的工作真不好做，算了，你應該也不懂，真羨慕你都不用工作……
……辛苦了。
雖然我的故事因為遇到你而有了轉變，不過你倒是都沒變啊，嗯，這也是好事啦。
我……我被魔族推舉出來選四天王了。
咦咦?!

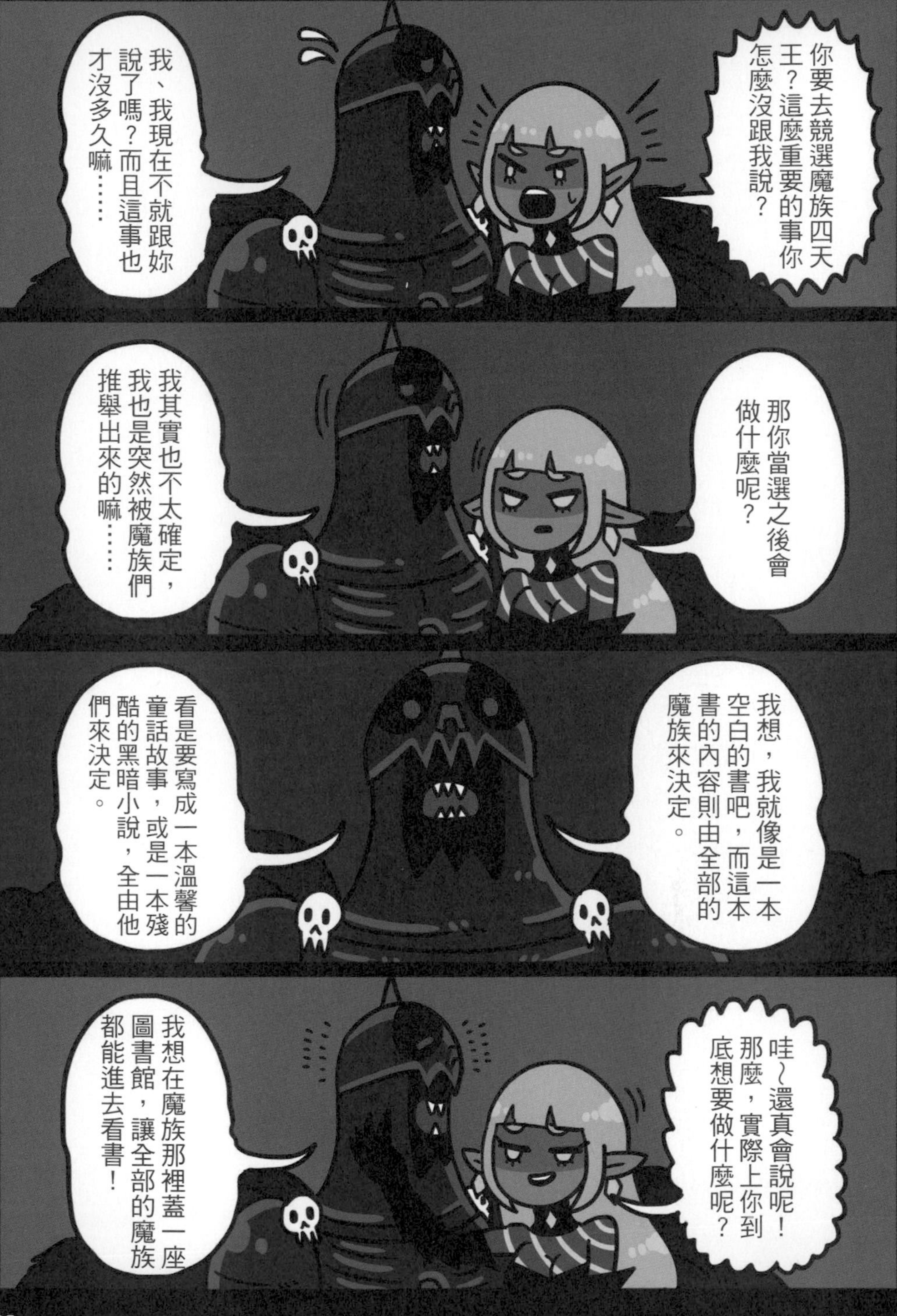
你要去競選魔族四天王？這麼重要的事你怎麼沒跟我說？
我、我現在不就跟妳說了嗎？而且這事也才沒多久嘛……
那你當選之後會做什麼呢？
我其實也不太確定，我也是突然被魔族們推舉出來的嘛……
我想，我就像是一本空白的書吧，而這本書的內容則由全部的魔族來決定。
看是要寫成一本溫馨的童話故事，或是一本殘酷的黑暗小說，全由他們來決定。
哇～還真會說呢！那麼，實際上你到底想要做什麼呢？
我想在魔族那裡蓋一座圖書館，讓全部的魔族都能進去看書！

話說，副院長剛指派任務給一些勇者，要他們去「石像魔村」取石像魔的心臟。
嗯……所以呢？
傻瓜，你現在就快點去石像魔村阻止那些勇者啊！這樣就有更多魔族會支持你了！
喔喔，可以試試看呢。
真希望你能選上魔族四天王，這樣一來，你就能在魔族蓋一座圖書館了！
然後我就會離開魔法學院，去你蓋的圖書館當圖書管理員。
好，我會努力當上魔族四天王！
到時候就建立一個屬於我們的圖書館吧！

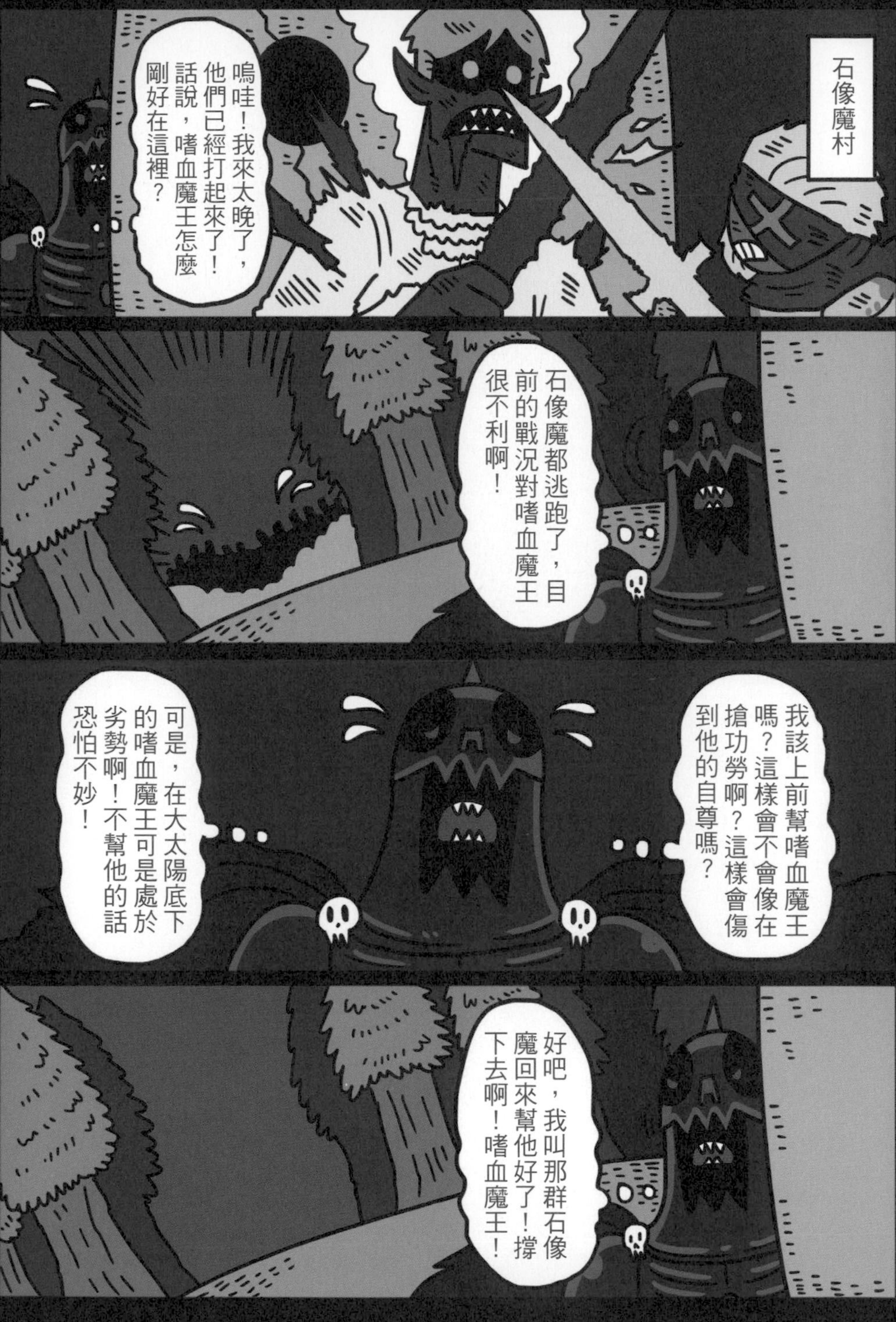
石像魔村
嗚哇！我來太晚了，他們已經打起來了！話說，嗜血魔王怎麼剛好在這裡？
石像魔都逃跑了，目前的戰況對嗜血魔王很不利啊！
我該上前幫嗜血魔王嗎？這樣會不會像在搶功勞啊？這樣會傷到他的自尊嗎？
可是，在大太陽底下的嗜血魔王可是處於劣勢啊！不幫他的話恐怕不妙！
好吧，我叫那群石像魔回來幫他好了！撐下去啊！嗜血魔王！

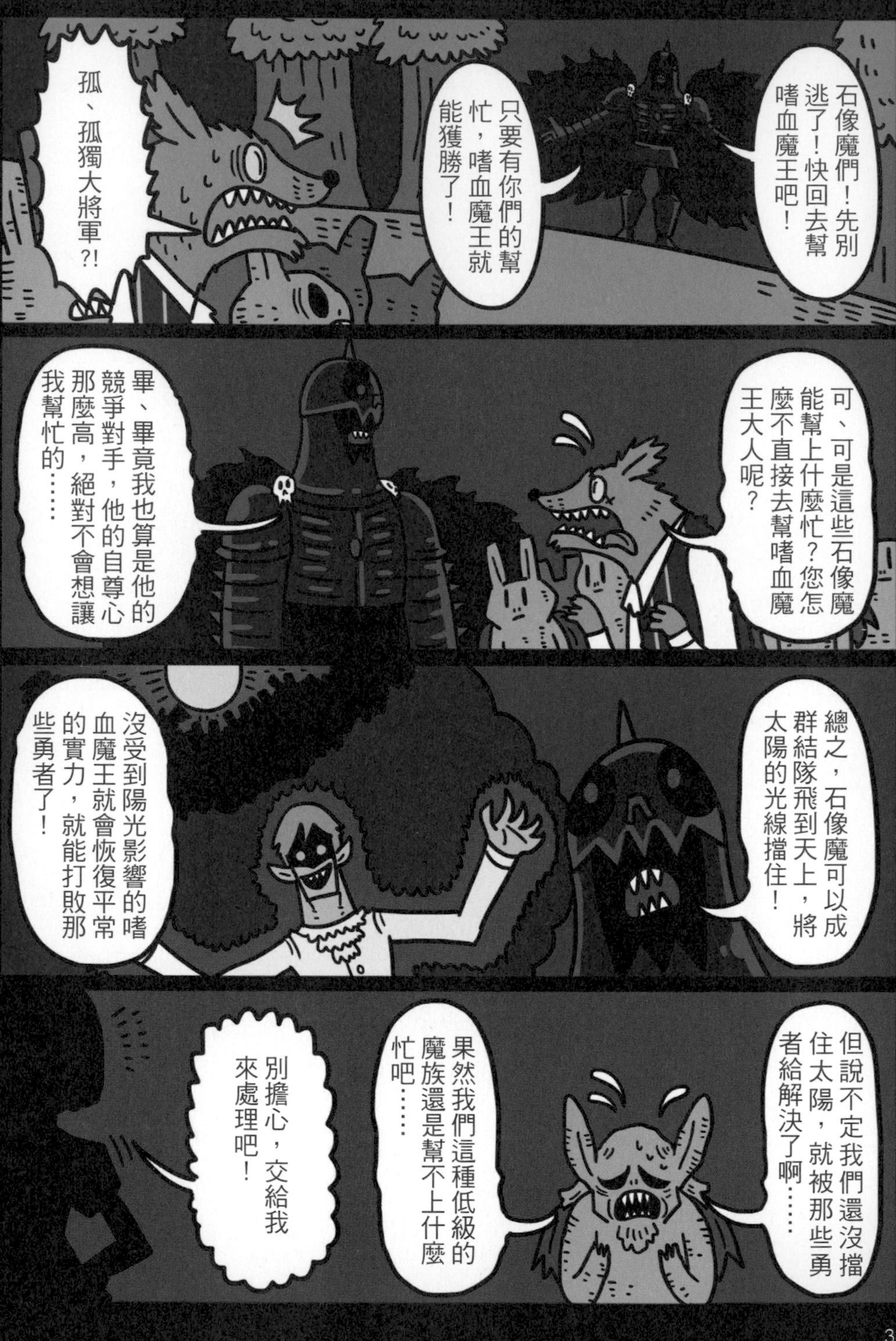
石像魔們！先別逃了！快回去幫嗜血魔王吧！
只要有你們的幫忙，嗜血魔王就能獲勝了！
孤、孤獨大將軍?!
可、可是這些石像魔能幫上什麼忙？您怎麼不直接去幫嗜血魔王大人呢？
畢、畢竟我也算是他的競爭對手，他的自尊心那麼高，絕對不會想讓我幫忙的……
總之，石像魔可以成群結隊飛到天上，將太陽的光線擋住！
沒受到陽光影響的嗜血魔王就會恢復平常的實力，就能打敗那些勇者了！
但說不定我們還沒擋住太陽，就被那些勇者給解決了啊……
果然我們這種低級的魔族還是幫不上什麼忙吧……
別擔心，交給我來處理吧！

很久很久以前，在這個世界上，有個驍勇善戰的種族，他們叫作「半獸人」。
他們非常強大，在人類的「勇者」出現前，他們占領了很大片的土地。
「精靈」則是他們長久以來勢均力敵的死對頭，然而，在精靈加入人類後，
人類的勇者與精靈聯手攻打半獸人，不會魔法的半獸人終究還是被打敗了。
輸給人類與精靈後，半獸人全都隱居了起來，彷彿從這個世界上消失了一樣。
他們放下武器，拿起工具，開始研發更強悍的武器及裝備，就這樣過了好久好久。
如今，半獸人被魔族推舉出來選新的魔族四天王，他們帶著自豪的高科技現身了。
半獸人之城
獸霸天
半獸人要用高科技的武器對抗人類與精靈的魔法，他們要再次證明半獸人的強大！

距今二十年前
半獸人領主
大老闆
老公，真對不起，沒能生個強壯的兒子給你……
說什麼傻話！女兒很好啊！我一直都想要有個女兒呢！
我很高興，能在離開之前留個孩子給你，不過這樣或許有點自私吧，嘿嘿……
妳不會有事的！我們很快就會找到治好這個病的方法了！好嗎？
領主大人，很遺憾，夫人已經沒有生命跡象了，請您節哀。
嗯。
沒事，沒事，一切都不會有事的，女兒。
噗哇！
我會一直在妳的身邊啊，女兒。

領主大人，失去妻子一定讓您非常痛心，您這樣還有辦法好好處理族裡的事情嗎？
是啊，我是很痛心，不過別擔心，我可是領主，我份內的工作都會好好完成的。
話說，您要不要再娶個妻子，好生個兒子呢？
畢竟您現在只有女兒，這樣以後也不好繼承您的位子吧？
蛤？
我的妻子永遠只有一位，我不會再娶了！
女兒又怎樣？女兒也可以繼承我的位子啊！少看不起她了！
她將來可是你們的領主啊！知道嗎？
我、我知道了，請息怒！領主大人！

在半獸人領主「大老闆」的女兒出生後，又過了十年……
我現在就要下去「地上」，攻打那些可惡的人類和精靈！
半獸人領主的女兒
他們那麼邪惡，為什麼不快點將他們剷除呢？
大小姐，請您不要衝動啊！
您不能隨便到「地上」的！
我就是要！
領主大人會生氣的！
乖女兒啊，妳說得沒錯，人類和精靈實在是太可惡啦！不過妳現在還太小了，
等妳再長大一點，爸爸就帶妳一起去攻打他們！好不好呢？
好吧！既然爸爸你都那麼說了！
你、你以後一定要帶我一起去喔！

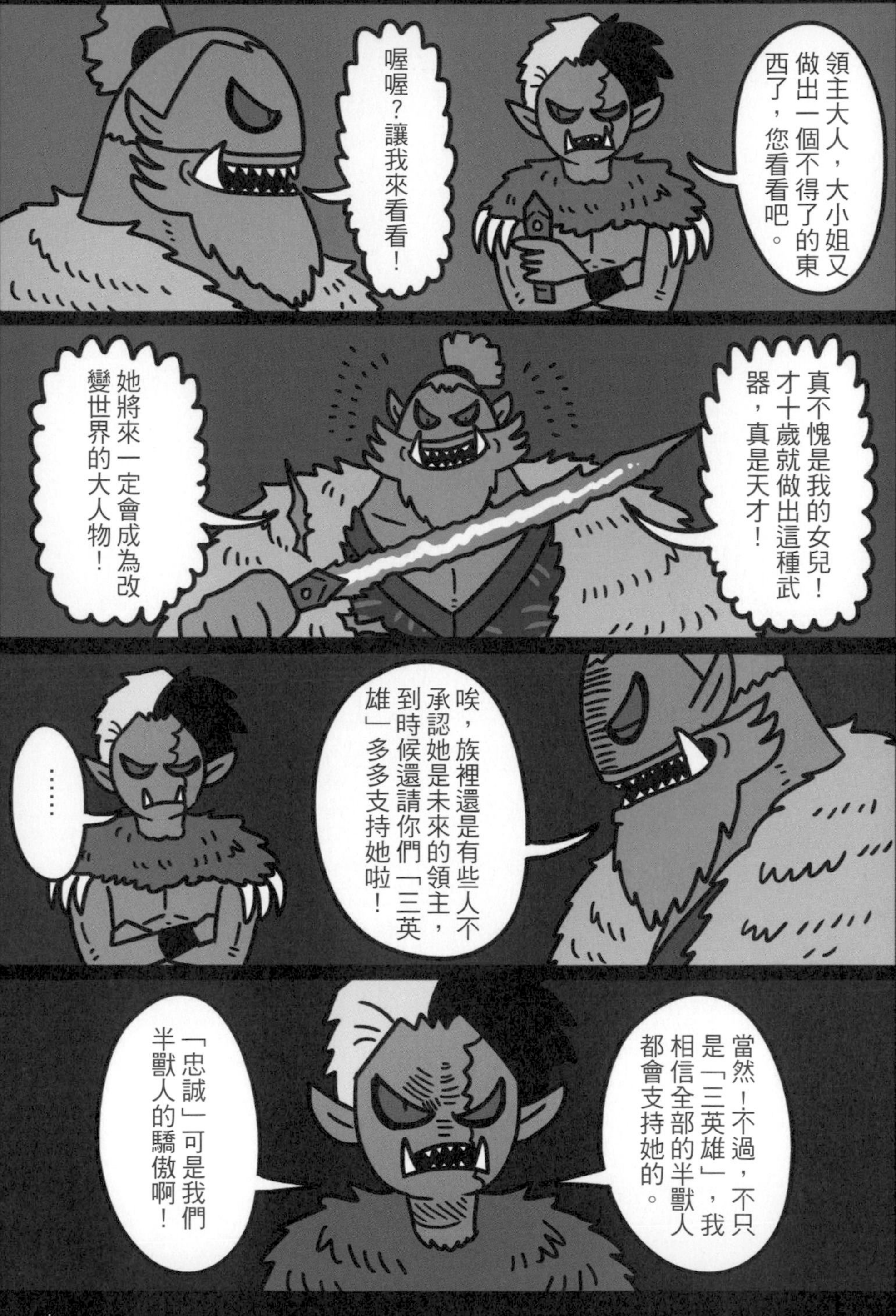
領主大人，大小姐又做出一個不得了的東西了，您看看吧。
喔喔？讓我來看看！
真不愧是我的女兒！才十歲就做出這種武器，真是天才！
她將來一定會成為改變世界的大人物！
唉，族裡還是有些人不承認她是未來的領主，到時候還請你們「三英雄」多多支持她啦！
……
當然！不過，不只是「三英雄」，我相信全部的半獸人都會支持她的。
「忠誠」可是我們半獸人的驕傲啊！

大小姐，您還真喜歡做東西呢！
對啊！因為我還不擅長戰鬥嘛！
至少要做出一些厲害的武器給你們用啊！蛇姊！
真棒！不過，您還是要去和族裡那些長老多多交流喔！畢竟您是未來的領主啊！
有啊！我都有和他們交流，
他們每個人的想法與意見我都有認真聽！
為了讓大家都願意跟隨我，我會努力的！
真厲害啊！不愧是大小姐呢！我一定會跟隨您一輩子的！
嘿嘿！

……
喔喔！你說上次做給你的武器太輕了嗎？
我知道了，那我再回去改良一下！
大小姐竟然能夠跟戰鷹大人對話？
戰鷹大人全身充滿一股殺氣，一般人都不敢靠近他呢！
……
唉唷，不要管他們啦！我知道鷹叔是個很溫柔的人喔！
……

又過了六年。
「地上」發生大事了啊！
人類竟然和龍族打了起來……
是啊，好不容易結束了，那位屠龍勇者卻還打算建立什麼「第三族」。
這可是個好機會啊！各位！我要去找魔王好好討論一下！
未來魔族或許能跟「第三族」一起聯手反抗人類呢！我現在就出發去魔族啦！
領主大人，您先穿好裝備再出發吧！
又不是要去攻打人類，穿什麼裝備！
我現在可是要去找我們的盟友啊！來人啊！快幫我準備「飛行獸」吧！
各位，等我的好消息吧！或許在不久以後，我們就能打敗人類和精靈啦！
準備讓這個世界親眼目睹我們的強大吧！

大小姐，領主大人他……在前往魔族的途中被勇者殺死了！
！
為什麼你沒叫領主大人穿裝備？要是有穿裝備就不會發生這種事了啊！
都是我的錯！都是我沒能阻止領主大人出發……都是我！
啊啊……爸爸，你還是太小看人類了啊，竟然會在這種地方大意！
爸爸……可惡！現在不是沉浸在悲傷中的時候了！
各位！替我準備好演講臺，把所有半獸人都叫到廣場集合！
等下直接進行領主的繼承儀式，這樣才能快點讓大家安心。
是！

各位，相信大家都知道，我們的領主「大老闆」在前往魔族的途中被勇者殺死了。
而我，身為他唯一的後代，根據傳統，我將成為新的領主。
那些勇者太可惡了！我們應該要現在馬上去攻打人類！
沒錯！我們要替大老闆報仇！大老闆實在是太悲慘了！
確實，勇者非常可惡，這是我們長久以來都知道的事實。
但這次的事件，大老闆也有責任，他沒穿裝備就離開這裡，實在是錯得離譜！
領主不會永遠都是對的！領主也會犯錯！而我們要好好記住這些錯誤！
面對人類，我們隨時都要全副武裝！我們不能再失去任何一個同伴了！

大小姐，我不認為大老闆有錯，他是被勇者殘忍殺害的無辜受害者啊！
就算他沒穿裝備，錯的也不是他，而是那些勇者啊！
他這次前往魔族的目的是什麼？是要和魔族討論如何聯手打敗人類，對吧？
這表示我們未來將會殺害許多人類，到時候，那些住在城鎮裡的人類村民才是所謂「無辜」的受害者。
不，那些村民跟勇者也算是「共犯」，所以他們也不是真正的無辜，或許到頭來根本就沒有無辜的人。
總之，別把我們自己看得多可憐！我們是高傲的「復仇者」！我們是人類的敵人！
在這些前提下，我不認為大老闆是無辜的，他疏忽了人類對我們的敵意！
所以我們要記取教訓，並且改變現況！改變這個「沒穿裝備出門就是個錯誤」的荒謬現況！

根據傳統，身為大老闆唯一後代的我，將會成為半獸人的新領主。但是……
那只是傳統，你們心中一定都還有更適合當領主的人選，讓我聽聽你們的意見吧！
我們長老會有些人認為三英雄之首的「惡狼」很適合！
畢竟大小姐還是太年輕了……
比起三英雄，根本就沒有什麼經驗！
是啊！惡狼大人是個經驗豐富的強者啊！請惡狼大人上臺說幾句話吧！
各位，謝謝你們看重我，不過，我始終認為只有大小姐才有資格當我們的新領主。
我很愚蠢，會無條件的將一切奉獻給自己所相信的領主，但是，我對自己的忠誠感到自豪。
您沒有經驗的話，我就會奉獻自己的經驗給您，這就是我活在世界上的意義。
支持我的各位，請將你們的忠誠之心奉獻給大小姐吧！

既然惡狼都這麼說了，那你們還有其他意見嗎？
趁現在把想說的話都說出來吧！
不，沒有了，是我們錯了，我們本該將自己的經驗奉獻給您。
請您原諒我們一時的糊塗。
您是半獸人之中最高貴的存在，大小姐。
最高貴的存在？你們是不是搞錯了？領主從來都不是半獸人之中最高貴的存在！
領主要奉獻一生為每一位半獸人服務，並且要為每一次的錯誤負起全責！
我一點都不高貴！你們才是最珍貴的！沒有你們，半獸人領主就什麼都不是啊！
所以你們要好好的利用我！鞭策我！讓我們半獸人成為更好的存在！

女老闆！
女老闆萬歲！
我剛剛的演講表現得還不錯吧！
很棒啊！
這樣一來，大家就不會因為大老闆死掉而不知所措了。
我可要努力做好一個領主該做的事啊！可是……可是……
可惡！我好想現在就直接攻打人類！
他們殺了我的爸爸！殺了我最親愛的爸爸啊！
大小姐，儘管哭吧，我會替您擦乾所有的淚水。
人類總有一天會付出代價的，總有一天。

大老闆搭乘的「飛行獸」有被人類發現嗎？
不用擔心，飛行獸在大老闆陣亡後就馬上自爆了！我們的技術是不會被人類發現的！
那麼，我們接下來要怎麼做呢？去找「魔王」嗎？
不，我們要先去「地上城」一趟。
半獸人為了不讓人類發現他們的技術力與天上的主城，特意在地上安排了一座「地上城」。
人類也深信著這座落魄的「地上城」是半獸人唯一的主城，人類絲毫沒將半獸人當成威脅。
在人類眼裡，半獸人就是一群狼狽又可悲的輸家，半獸人的時代早已過去，早已不足為懼。
而這些在「地上城」的半獸人，都知道自己的使命——欺騙人類，等待光榮時刻的到來。

是嗎？大老闆被勇者殺掉了啊……真是令人遺憾。
地上城城主
而您就是我們的新領主「女老闆」嗎？我知道了。
謝謝您特意前來告訴我這個消息，地上城今後也依然會效忠於您。
謝謝你們一直以來的付出，我們半獸人向人類反擊的時候到了！
您說什麼?!您是認真的嗎？要向人類反擊了嗎?!
嗯，我是非常認真的！地上城的任務即將結束了！
想不到在我有生之年能夠向人類反擊啊！真是太令人感動了！
我們半獸人的時代終於要來臨了啊！

那麼，我得先來確認一下我這身「裝備」的力量。
畢竟我都還沒有跟勇者對戰的實戰經驗呢。
女老闆，我這邊有一份名單，全是些沒有稱號的厲害勇者。
您可以先去找他們「測試」一下自己的實力。
先拿那些不起眼的強者當練習的對象啊？或許是個好方法呢。
他們要是出了什麼意外，勇者國應該也不會馬上有動作。
很好，就這樣一邊吸收經驗、一邊慢慢削減人類的戰力吧！
這樣就能利用與勇者對戰的經驗將「女武神」改造得更強呢！

雖然我是個很厲害的勇者，但我從來都不想追求「稱號」。
對我來說，實力遠比那些光鮮亮麗的稱號重要多了。
前面那個是什麼？全身上下都穿著沒見過的盔甲？
唔！它拿出武器了！是敵人嗎？不過，別以為我很好對付啊！
這個「女武神」果然很厲害呢。
好，再找多一點勇者來練習吧！

很好！看來我們的裝備可以輕鬆打敗大部分的勇者！
我們就把這些實戰經驗帶回去，強化我們的裝備吧！

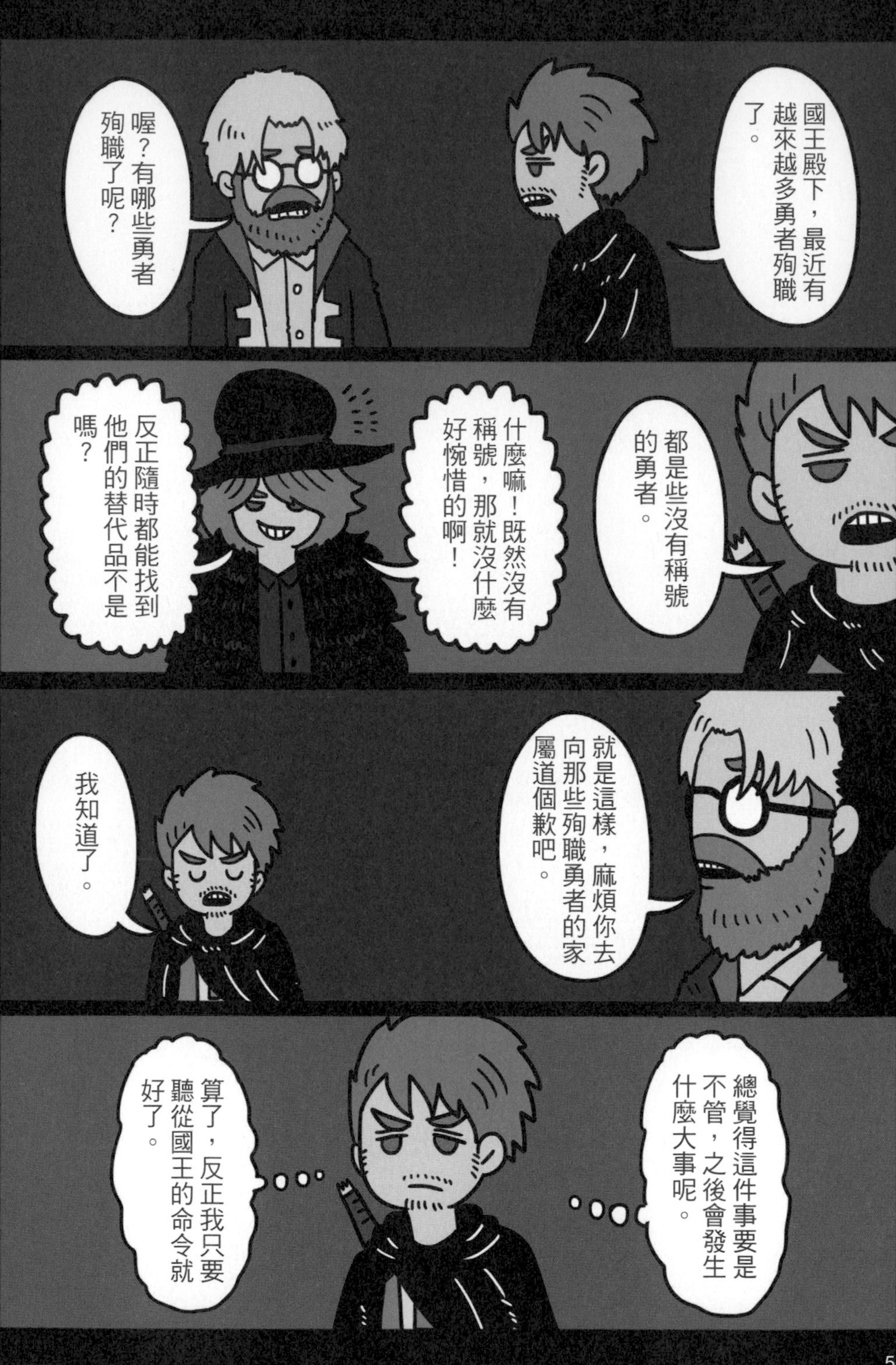
國王殿下，最近有越來越多勇者殉職了。
喔？有哪些勇者殉職了呢？
都是些沒有稱號的勇者。
什麼嘛！既然沒有稱號，那就沒什麼好惋惜的啊！
反正隨時都能找到他們的替代品不是嗎？
就是這樣，麻煩你去向那些殉職勇者的家屬道個歉吧。
我知道了。
總覺得這件事要是不管，之後會發生什麼大事呢。
算了，反正我只要聽從國王的命令就好了。

就這樣，女老闆一行人不斷攻擊沒有稱號的勇者們。
被女老闆拯救的魔族也越來越多，他們都非常感謝女老闆。
他們也答應女老闆，要將女老闆的存在好好保密。
因為殉職的都是沒稱號的勇者，所以人類沒把這件事放心上。
就算失去很多勇者，也一樣會有很多新的勇者補進來。
人類完全不知道半獸人已經捲土重來了。就這樣過了四年——
女老闆現在正為了當上新的魔族四天王而努力著！

根據情報，魔法學院副院長有指派一些勇者去執行任務。
他們都是有稱號的勇者，任務是去石像魔村收集石像魔心臟。
好！各位！該是向「有稱號的勇者」出手的時候了！
終於要對上有稱號的勇者了嗎……
在我們的裝備面前根本不足為懼啊！
……！
準備讓人類知道我們的存在吧！
知道後，人類剩下的日子就不多了！

女老闆，我們已經到石像魔村的上空了，不過……
已經有魔族跟勇者打起來了！
嗜血魔王正在和勇者們應戰。
孤獨大將軍則是在幫嗜血魔王找援軍。
我們要直接進攻嗎？這樣就可以搶走他們兩位的功勞了。
這不是很好嗎？他們可是您的競爭對手啊！
不，作戰計畫改變了，我不要搶他們的功勞。
我們要支援他們兩位，他們可都是我們的「同伴」啊！

我來支援你們啦！
連女老闆都來了？
女老闆！
你們雖然等級不高，但一定可以幫上忙的喔！我要送你們石像魔一件禮物！
禮物？
這是石像魔專用的戰鬥盔甲，勇者可沒辦法輕易破壞這個盔甲喔！
喔喔喔！
本來是想解決掉勇者後再給你們，不過，現在情況不一樣了！
去支援嗜血魔王！打敗那些勇者吧！
GO!!
上啊！
上啊！

喂！各位！太陽光消失了啊！
這可不妙！這樣的話嗜血魔王會變得很強啊！
快消滅那些擋住太陽的魔族！
混帳！少來礙事！
糟糕！攻擊都被擋下來了！
嗜血魔王大人！請讓我們為自己的家園盡一份心力吧！
你們這群高貴的傢伙，竟然還回來支援我嗎……
可惡……你們高貴到讓我不小心流眼淚了啦！

可惡！這下可真的不妙了！
沒錯！沒被太陽光弱化的我，
可是非常厲害的喔！
HAHAHA
HAHAHA!
才一擊就解決掉了三個人嗎……
哼……壯烈犧牲也算是一種光榮吧！

你們能把我打成這副狼狽樣，也是相當厲害了呢。
哼，都已經把你大幅弱化了還打不倒你，我也認了。
不過，你會後悔的，明明只要讓我們完成任務就沒事了，
我們任務失敗的話，魔法學院的副院長就會親自出馬了。
你根本不知道那位大人有多可怕，他可是和絕望勇者一樣強大的人啊！
到時候，不要說是一百顆石像魔的心臟了，我看整個石像魔村都會被毀掉！
我是不知道他有多可怕啦！不過他也不知道我有多可怕吧？要來就來吧！哈哈哈！
呃啊啊啊啊！

謝謝你們來支援我，不過，你們身上的裝備是怎麼回事？
因為孤獨大將軍一直拜託我們來支援您啊！
這身厲害的裝備是女老闆給的喔！
孤獨大將軍跟女老闆？
就跟那些石像魔說不要提到我們了！
哈哈哈哈哈！這樣也好啦！
抱歉，嗜血魔王，我們擅自幫你忙……
反正結果還不錯啊！就別在意了嘛！
你們……
謝謝你們！

所以你們一起解決了這件事？你們不是競爭對手嗎？
我說你啊，真的有心想當四天王嗎？
有、有啊！但一起解決也是好事嘛！
而且我們幫助石像魔的事已經在魔族傳開了！雖然這樣一來就算是大家的功勞……
對了，嗜血魔王說還想待在石像魔村一陣子。
嗯……
這樣正好，副院長好像要親自去石像魔村一趟呢！
那你就會少一個競爭對手了！
什麼意思？
答應我，千萬不要去石像魔村，絕對不要碰上副院長，好嗎？
？

魔法學院
沒想到副院長派出去的勇者都陣亡了。
隊伍裡面還有一位是魔法學院的導師呢！
話說回來，為什麼打石像魔需要派這麼多高手呢？
難道副院長一開始就知道那邊有強大魔族的存在嗎？
不，副院長是個非常重視效率的人，
他連去鄰近村莊買個材料，都會花錢指派勇者去執行。
這次派那麼多高手去執行任務，也只是想讓任務盡快完成吧。
副院長也沒想到任務會失敗吧，不過聽說他要親自出馬，一切很快就會結束了。

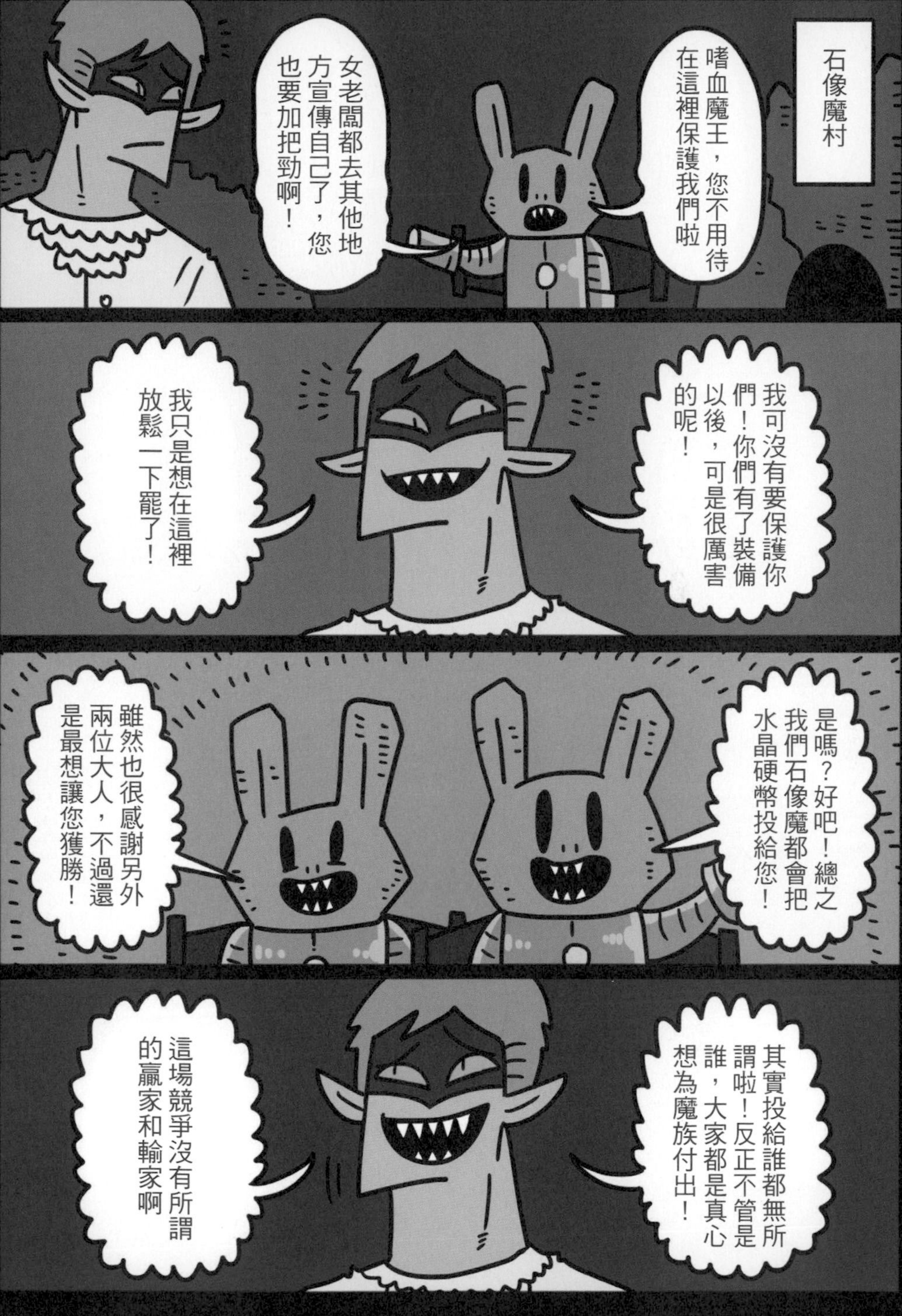
石像魔村
嗜血魔王，您不用待在這裡保護我們啦
女老闆都去其他地方宣傳自己了，您也要加把勁啊！
我可沒有要保護你們！你們有了裝備以後，可是很厲害的呢！
我只是想在這裡放鬆一下罷了！
是嗎？好吧！總之我們石像魔都會把水晶硬幣投給您！
雖然也很感謝另外兩位大人，不過還是最想讓您獲勝！
其實投給誰都無所謂啦！反正不管是誰，大家都是真心想為魔族付出！
這場競爭沒有所謂的贏家和輸家啊

此時的女老闆正在魔族各地舉辦巡迴演講。
我們魔族到了該證明自己的時刻了！
不能再一直忍受人類的為所欲為！
要是我當上新的魔族四天王，我會提供強力裝備給各位魔族！
我們不能一味的等著誰來拯救自己，我們需要為自己挺身而出！
SICK
DESIRE
原先的四天王都太強大了，強大到無法體會弱者的心情……
我們這些弱者，不能再靠強者保護了，我們要自己成為強者！
既然這個世界容不下弱者，那我們就只能變強了！魔族啊！

不好意思，我想問，要是您沒有當上新的魔族四天王，
您就不會提供強力的裝備給我們了嗎？
當然啊！這次的「投水晶幣」不就是為了要證明大部分魔族想走哪條路嗎？
要是大部分魔族選擇不對抗人類，那給你們裝備又有什麼意義呢？
不過，我想大家都有從墮落狂魔的死亡之中學到了「憤怒」。
所以我相信各位一定會選擇對抗人類，畢竟大家也不想永遠都當個「弱者」吧？
既然有機會能變成「強者」，我們就該好好把握這個機會，不是嗎？

嗜血魔王大人，我想問您一個問題！
要是您當上新的四天王，您會怎麼做呢？
哈哈！真是的！你們都不知道卻還想要投給我！
我呢，會召集魔族的菁英怪，組成一支菁英部隊！
也會訓練有潛力的魔族，讓他們成為菁英怪！
然後我會帶領菁英部隊攻打人類！而你們這些老百姓都不用參與戰爭！
我將會保護你們！你們只需要過著一如往常的生活！
我可不認同女老闆的「全魔皆兵」啊！
戰鬥就該交給菁英怪，老百姓本來就不該捲入這些紛爭之中！

嗜血魔王的「菁英部隊」和女老闆的「全魔皆兵」感覺都強而有力呢！你這邊還有什麼厲害的做法呢？
我呢，當然還是蓋圖書館啊……
我蓋圖書館是為了提升魔族的知識水平和文化素養，我認為這些比什麼都重要。
無論是「菁英部隊」還是「全魔皆兵」都只會導向一個結果，那就是「和人類戰鬥」。
但事實上，人類不見得都是我們的敵人，在人類之中，痛恨勇者國的也大有人在。
所以，讓人類內鬥也是個好方法，但在那之前，我們得讓那些痛恨勇者國的人類相信魔族。
然而，只懂得戰鬥的魔族，跟勇者國沒什麼兩樣，魔族必須成為一個「有文化」的地方。
只要讓人類分裂，再加上「血汗聯盟」的力量，人類就不敢再貿然對魔族出手。
沒有戰鬥、沒有輸贏，所有勢力都維持在一個「平衡」上的和平世界就會誕生了！

勇者國 王宮
國王大人，根據情報，魔族正在進行新四天王的選拔賽！
無妨，就隨他們開心吧。
魔族那邊的花招還真多啊！不過我看你也快沒招了吧？竟然把我找回來擔任勇者公會的會長！
傳奇的勇者
白勇者
真是的，我都一把老骨頭了！之後的日子可有得忙囉！
魔法學院
副院長！您真的要親自去石像魔村嗎？
真的不需要派我們去就好嗎？
嗯，我去去就回。
魔法學院副院長 &
最強的魔法劍士
黑色魔劍

小魔劍～聽說你要去石像魔村啊！你要把整個石像魔村都毀掉嗎？
我又不是妳，不會做那種多餘的事。
倒是妳，我不在的這段期間別再給我捅出什麼婁子了。
呀！小魔劍好可怕喔！人家才不會亂來勒！
副院長！拜託您快點回來吧！我們根本管不住院長那個瘋子啊！
就算您只離開半天，我們也非常惶恐啊！天底下只有您管得動她了！
聽到沒？不要裝可愛，裝可愛沒用。
欸嘿！

唉，要是魔法學院少了副院長該怎麼辦？光想就害怕！
雖然說是副院長，實質上根本已經是院長了吧！
副院長可是解決了院長的每一個爛攤子啊！院長就只會製造問題！
說真的，副院長要是想篡位，魔法學院的大家應該也會馬上同意吧！
魔法學院裡甚至有支持副院長的狂熱分子「魔劍會」呢！
院長就沒有什麼人支持了！
畢竟院長就只是個單純的武力派瘋子嘛！
總之，希望副院長趕快回來啊！

糟糕，我低估對方的實力了，因為聽說魔法學院的副院長不是勇者，就低估了。
事實上，這是我第一次感受到「害怕」，在我眼前的這個人類，強大到無法置信。
嗜血魔王嗎……原來守在石像魔村的是你啊，這就可以解釋為什麼我上次指派的任務會失敗了。
不過，我並沒有要找你復仇的意思，就讓我拿走一百顆石像魔的心臟吧，拿了以後我就會離開。
石像魔村的石像魔有一千多隻，我只是取走十分之一的性命，今後也不會再來石像魔村了。
發抖
我不喜歡沒有意義的戰鬥，相信你也清楚我們之間的差距吧。
說得那麼好聽，到頭來還不是要霸道的取走石像魔的性命嗎？真是的……
我在這裡能做的也只有……唉，別退縮啊！我可是高貴的嗜血魔王啊！

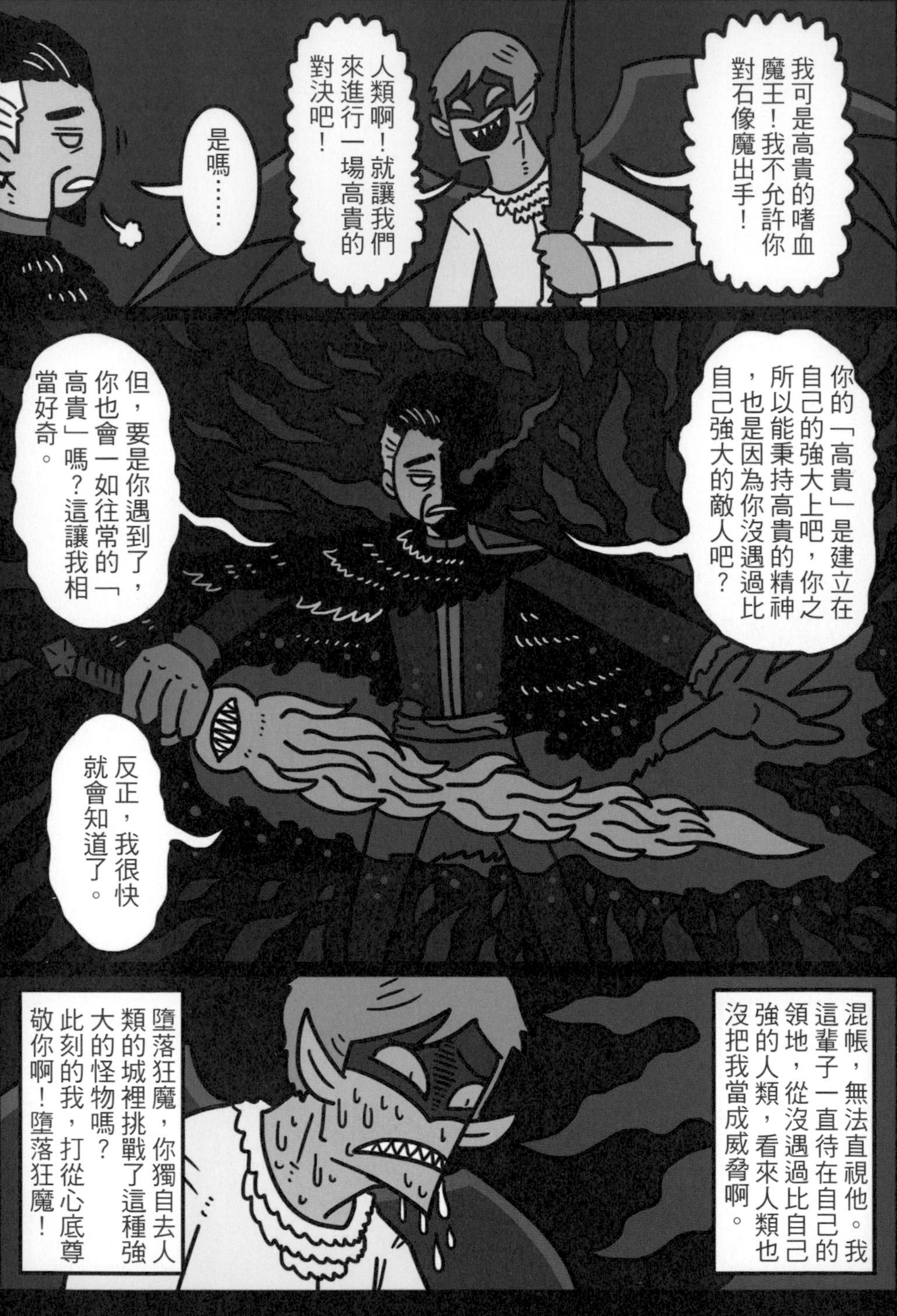
我可是高貴的嗜血魔王！我不允許你對石像魔出手！
人類啊！就讓我們來進行一場高貴的對決吧！
是嗎……
你的「高貴」是建立在自己的強大上吧，你之所以能秉持高貴的精神，也是因為你沒遇過比自己強大的敵人吧？
但，要是你遇到了，你也會一如往常的「高貴」嗎？這讓我相當好奇。
反正，我很快就會知道了。
混帳，無法直視他。我這輩子一直待在自己的領地，從沒遇過比自己強的人類，看來人類也沒把我當成威脅啊。
墮落狂魔，你獨自去人類的城裡挑戰了這種強大的怪物嗎？此刻的我，打從心底尊敬你啊！墮落狂魔！

嗜血魔王！你就別湊熱鬧了！這可是屬於石像魔的戰鬥啊！
我們什麼時候說過要讓你來替我們戰鬥了？你少自以為是了！
還是你害怕我們陣亡後，投給你的水晶硬幣會變少呢？
別太貪心啦！
村長……不，我根本沒有這樣想過啊！
我們現在可是有很強的裝備啊！別小看我們了！我們根本不需要你！
滾！滾出我們的村莊！不要再讓我們看到你！
……

叫我滾？你們在開什麼玩笑……我可是高貴的嗜血魔王啊！
留下你們逃跑這種事我可做不到！既然要死，那就一起死吧！石像魔！
嗜血魔王大人！
不要啊啊！
人類啊！就讓你看看我的「高貴」吧
住手！
孤獨大將軍?!你怎麼會來這裡？別擋路！讓開！
呼！終於趕上了！你可不能死在這！就當作是為了石像魔吧！
趁現在！讓那個人類知道石像魔的厲害吧！
自己的村莊要由自己來守護啊！
喔喔喔！

讓開！我不能看著他們白白送死！既然你來了，為什麼不和我聯手打他呢？
因為我們兩個聯手也打不過啊！你不能死在這裡！比起石像魔，你的性命更重要！
每一個魔族的性命都一樣高貴！
我的性命和石像魔的性命是一樣的價值啊！
說什麼傻話！這個世界本來就不公平，每條性命的價值都不一樣啊！
正因為這樣，你更應該活下來改變這個世界啊！
混帳！
讓開！

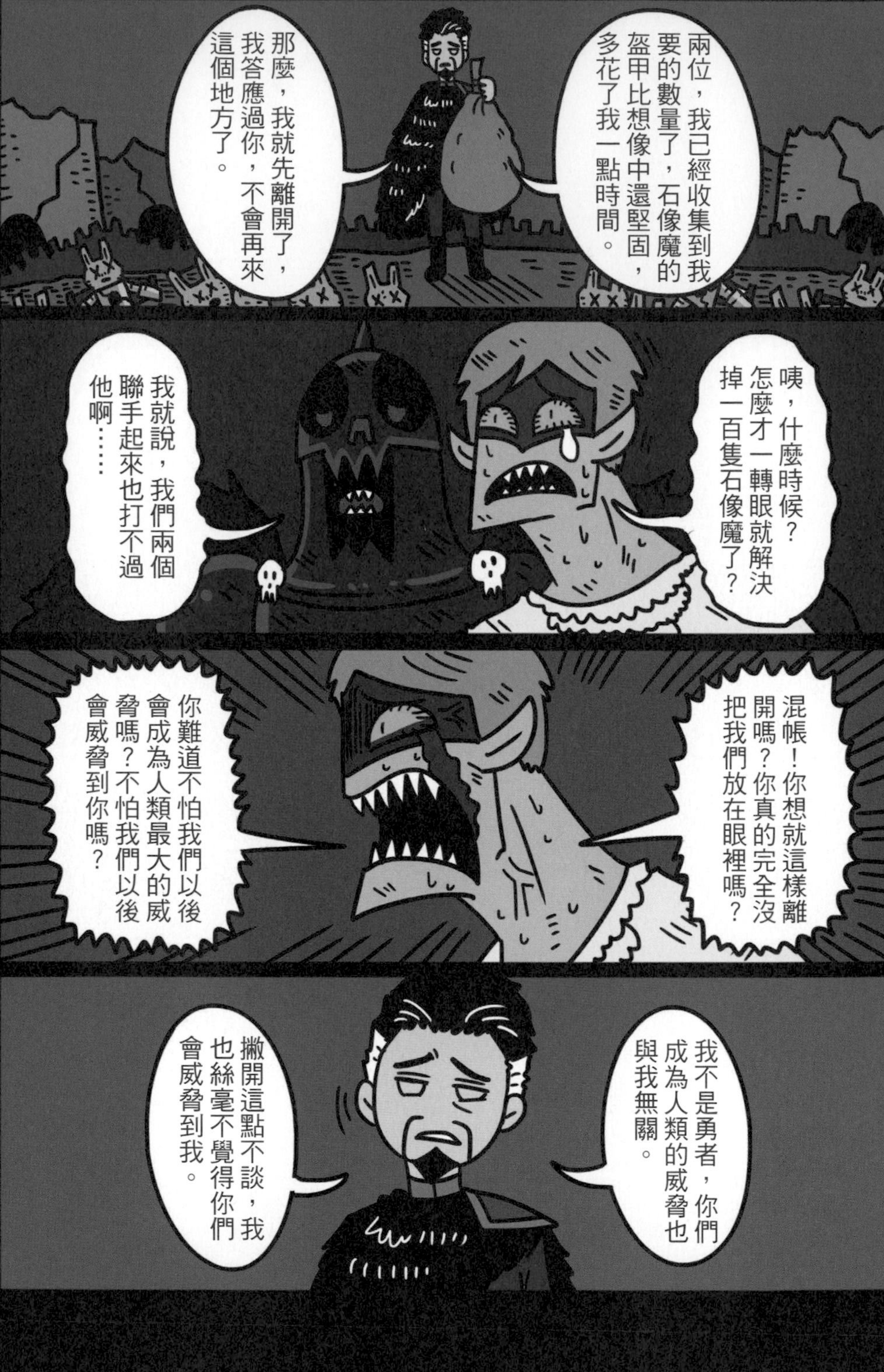
兩位，我已經收集到我要的數量了，石像魔的盔甲比想像中還堅固，多花了我一點時間。
那麼，我就先離開了，我答應過你，不會再來這個地方了。
咦，什麼時候？怎麼才一轉眼就解決掉一百隻石像魔了？
我就說，我們兩個聯手起來也打不過他啊……
混帳！你想就這樣離開嗎？你真的完全沒把我們放在眼裡嗎？
你難道不怕我們以後會成為人類最大的威脅嗎？不怕我們以後會威脅到你嗎？
我不是勇者，你們成為人類的威脅也與我無關。
撇開這點不談，我也絲毫不覺得你們會威脅到我。

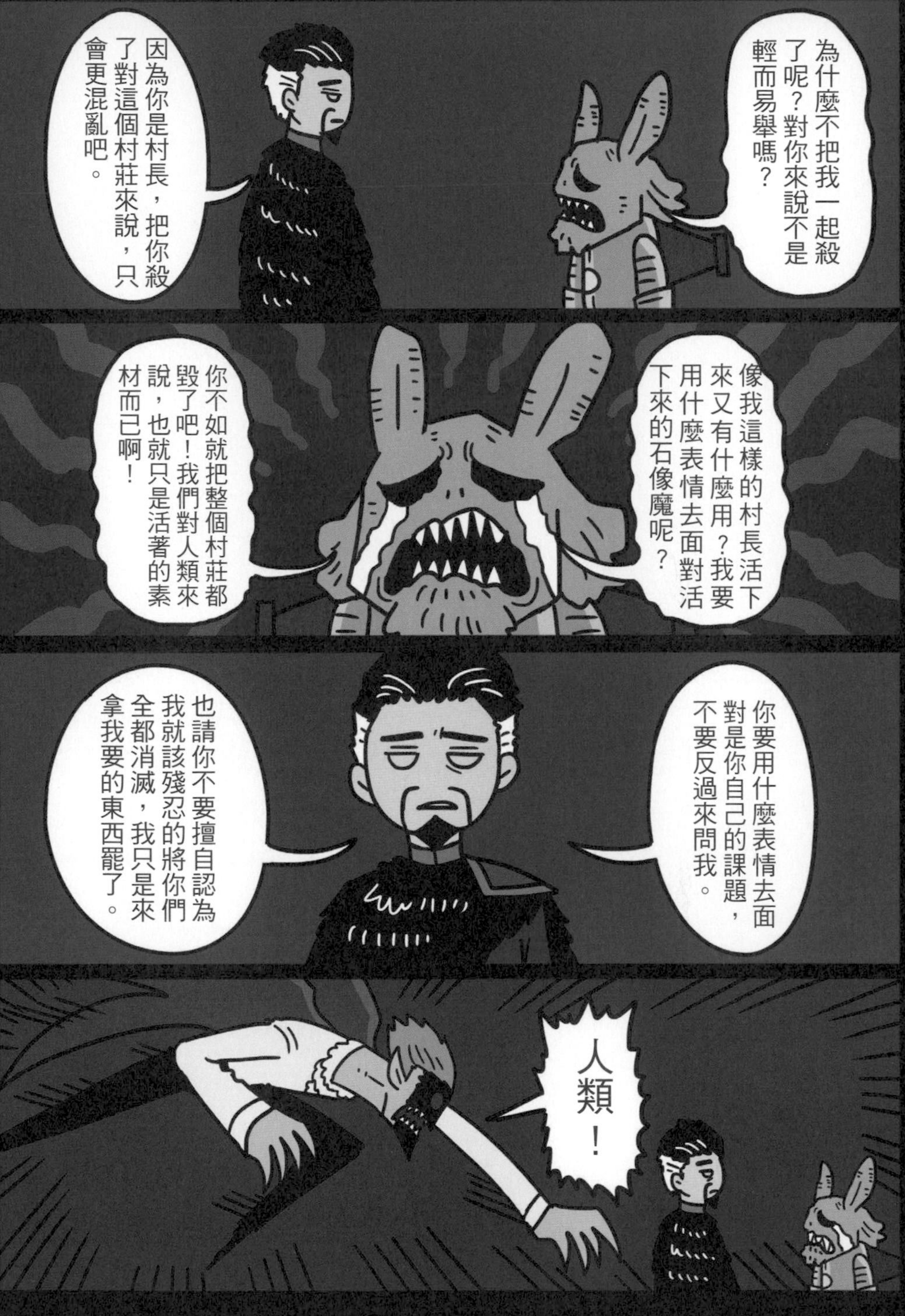
為什麼不把我一起殺了呢？對你來說不是輕而易舉嗎？
因為你是村長，把你殺了對這個村莊來說，只會更混亂吧。
像我這樣的村長活下來又有什麼用？我要用什麼表情去面對活下來的石像魔呢？
你不如就把整個村莊都毀了吧！我們對人類來說，也就只是活著的素材而已啊！
你要用什麼表情去面對是你自己的課題，不要反過來問我。
也請你不要擅自認為我就該殘忍的將你們全都消滅，我只是來拿我要的東西罷了。
人類！

既然事情都解決了，你又何必如此？我就告訴你「衝動」的代價吧，魔族。
別被憤怒牽著鼻子走啊！朋友！
……！
魔法劍術「隕石」
孤獨大將軍！

先走了。
「傳送術」
孤獨大將軍！你千萬不要死啊！
都是我的錯！全都是我的錯！
你並沒有錯……錯的不是我們啊……
笨蛋，不是叫你別來這裡了嗎？
……！
滾開，自以為高貴的混帳，我要替孤獨大將軍治療。
精靈族？

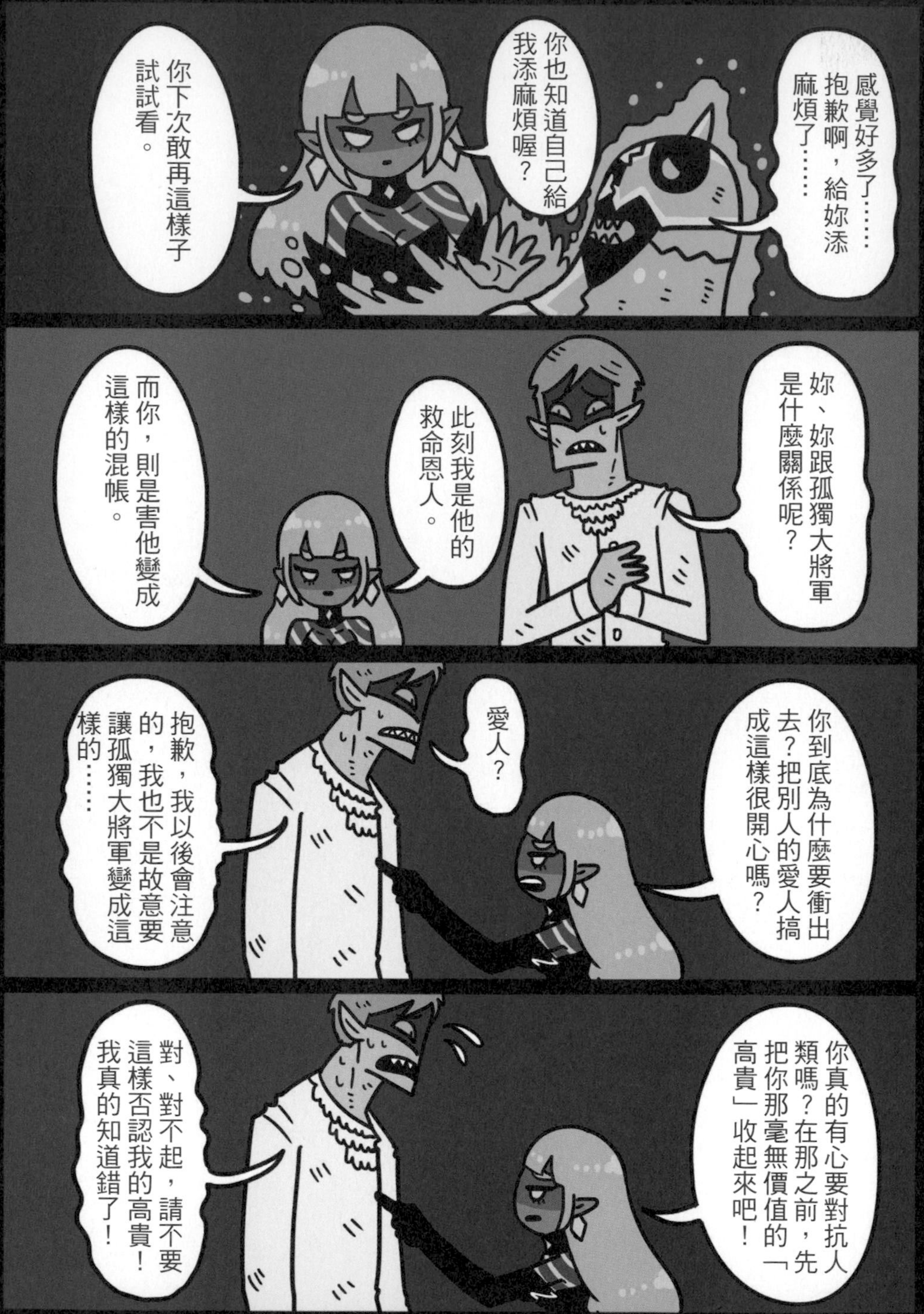
感覺好多了……抱歉啊，給妳添麻煩了……
你也知道自己給我添麻煩喔？
你下次敢再這樣子試試看。
妳、妳跟孤獨大將軍是什麼關係呢？
此刻我是他的救命恩人。
而你，則是害他變成這樣的混帳。
你到底為什麼要衝出去？把別人的愛人搞成這樣很開心嗎？
愛人？
抱歉，我以後會注意的，我也不是故意要讓孤獨大將軍變成這樣的……
你真的有心要對抗人類嗎？在那之前，先把你那毫無價值的「高貴」收起來吧！
對、對不起，請不要這樣否認我的高貴！我真的知道錯了！

抱歉！我來遲了！稍早看到「老鷹之眼」的影像就趕過來了！
你們兩個都還好嗎？
精靈族？這是怎麼回事？
有意見嗎？
女老闆，這位精靈是孤獨大將軍的愛人！
蛤?!
蛤什麼蛤？要是妳給石像魔的裝備有用的話，我愛人也不會變成這樣！
冷、冷靜一點啦！
……
也是呢。

什麼「菁英部隊」嘛，現在想起來還真可笑，面對那種怪物，
菁英部隊就像個笑話一樣啊……可惡！
我的「全魔皆兵」在那種怪物面前也是不堪一擊啊……
你們兩個在開什麼玩笑！
你們還有時間在這邊消沉嗎？
女兒！不得無禮啊！
嗜血魔王！是你讓我們有勇氣面對自己！是你讓我們知道何謂高貴！
女老闆！要是沒有妳的裝備，我們根本連站在那個人類面前的勇氣都沒有！
你們不要說得好像一切都失敗了！我們可還沒有打算要放棄戰鬥啊！
你們都是強者！將會帶領我們邁向更好的未來！我不准你們在這裡失去鬥志！

孤獨大將軍，你的盔甲壞了，這是給你的新盔甲。
穿上去後覺得自己變得更強了啊！妳是什麼時候做的？
不久前才剛做好，想說趁現在給你們。
嗜血魔王則是強化版的披風，防禦力提升以外，還增加了攻擊性能。
唔喔喔喔！
不過，把這麼強的裝備給我們這些競爭對手，這樣好嗎？
競爭對手？
別搞錯了，你們對我來說才不是什麼競爭對手！
你們可是「隊友」啊！

孤獨大將軍，你的那隻「博學之手」能夠將你曾經看過的書用立體影像投射出來。
你腦袋裡應該已經裝滿一座圖書館了吧，而且，這隻手非常好翻書，很適合你吧。
哇啊！真的耶！
嘿～～～那是什麼書啊？
你們來看一下，
這是我很久以前看過的「禁書」……
我一直在想，魔法學院副院長為什麼要收集一百顆石像魔的心臟？
你們看，長生不老之藥其中一個材料，就是由一百顆石像魔心臟提煉出來的濃縮石之心。

第十章
惡鬼一族

魔法學院 秘密研究室
總算完成了——濃縮石之心！
這樣一來，離「長生不老之藥」的完成又更近了一步。
這條路還真是漫長啊！不過，也已經接近尾聲了。
比起精靈族，人類的壽命實在是太短了……
長生不老的話，就能永遠都陪在妳身邊了吧？院長。
為了妳，要我化身惡魔我也願意。
不，人類本來就是惡魔吧……
好了，接下來的材料是「一百顆不死族的心臟」。

魔族　魔王塔內部
看來嗜血魔王、孤獨大將軍和女老闆都好好的上了一課呢！
唉，是啊，雖然代價是一百條石像魔的性命……
MORE WANT
對了，妳真的不想來當四天王嗎？
依妳的實力，絕對能當一位令所有魔族都敬佩的四天王！
不，我不適合當什麼四天王。
沒有多少勇者是妳的對手啊！破壞人類的城鎮對妳來說也是輕而易舉吧？
嗯，或許吧。
但是，這把劍是為了對抗「邪惡」才存在的，並不是為了消滅人類。
我已經答應他了，那位把這身裝備送給我的「人類」。

曾經，我也相信這個世界是很單純的，相信魔族很善良，而人類是邪惡的。
媽媽！媽媽！
村裡的大家都說媽媽是最厲害的戰士耶！
當時，我的家人就是我的全世界，這樣的世界是如此幸福，如此令人懷念。
是啊！
媽媽是村裡最厲害的戰士喔！媽媽會好好保護妳喔！
沒錯，女兒！媽媽會一直保護我們！我們就不用害怕那些邪惡的人類了！
爸爸也要被媽媽保護啊！真好呢！
是啊，有媽媽在，人類才不敢攻過來我們的村莊呢！
女兒、老公，我永遠都會保護你們的！

呼！這座森林離村莊好遠！不過終於讓我摘到「血色花」了！
明天就是媽媽的生日了！她一定會很喜歡這個生日禮物！
哇！你們好！我是第一次見到村莊以外的魔族呢！
你們在這座森林裡做什麼呢？
我們在擊退勇者喔！
勇者就是人類吧？我是第一次看到人類耶！
喂，她不就是那個「惡鬼一族」嗎？解決掉她的話，會得到非常多經驗值吧？
哈哈哈，你真是壞心眼！不過，我們變強也都是為了魔族啊！

為什麼你們要攻擊我？我們不都是魔族嗎？
我沒有做壞事啊！請你們住手！我很痛啊！嗚嗚嗚！
她的防禦還真高，好險她不會還手，真是可悲啊。
惡鬼一族都不會對魔族出手呢！變成我們的經驗值剛好！
！！
妳沒事吧？惡鬼一族的小姑娘，這些魔族竟然對一個不會還手的孩子下手。
小姑娘，請讓我護送妳回家吧。

為什麼剛剛那兩位魔族要攻擊我？村裡的大家都說魔族是同伴啊！
嗯……那是因為你們「惡鬼一族」現在的名聲不太好啊。
你們是很強大的一族，但是你們不挺身對抗人類，反而隱居起來，許多魔族看不慣你們的做法，
所以他們寧願消滅你們、得到經驗值來提升自己的等級，好對抗強大的勇者們。
不過，我覺得你們並沒有錯，你們只是選擇了自己要的生活。
強者本來就沒有義務背負這些責任，不是嗎？
那你也想要消滅我們來得到經驗值嗎？
哈哈！好問題！就算我想這麼做，也要我有辦法消滅你們才行啊！惡鬼一族！

爸爸！我回來了！我好想家喔！
女兒！妳怎麼全身都是傷？發生什麼事了？
已經沒事了！你看！這是我明天要送媽媽的禮物！我要趁媽媽還在森林巡邏時把它藏起來！
這血色花非常漂亮呢！媽媽一定會很開心的！
她是被人類襲擊的吧？可惡的人類！
不……
一定是您救了她！感謝您啊！英勇的魔族！
一路跟過來還真是值得啊！
終於讓我們找到惡鬼一族的村莊了！辛苦你了！我的勇士！
首領。
他們是你的同伴嗎？歡迎啊！魔族們！

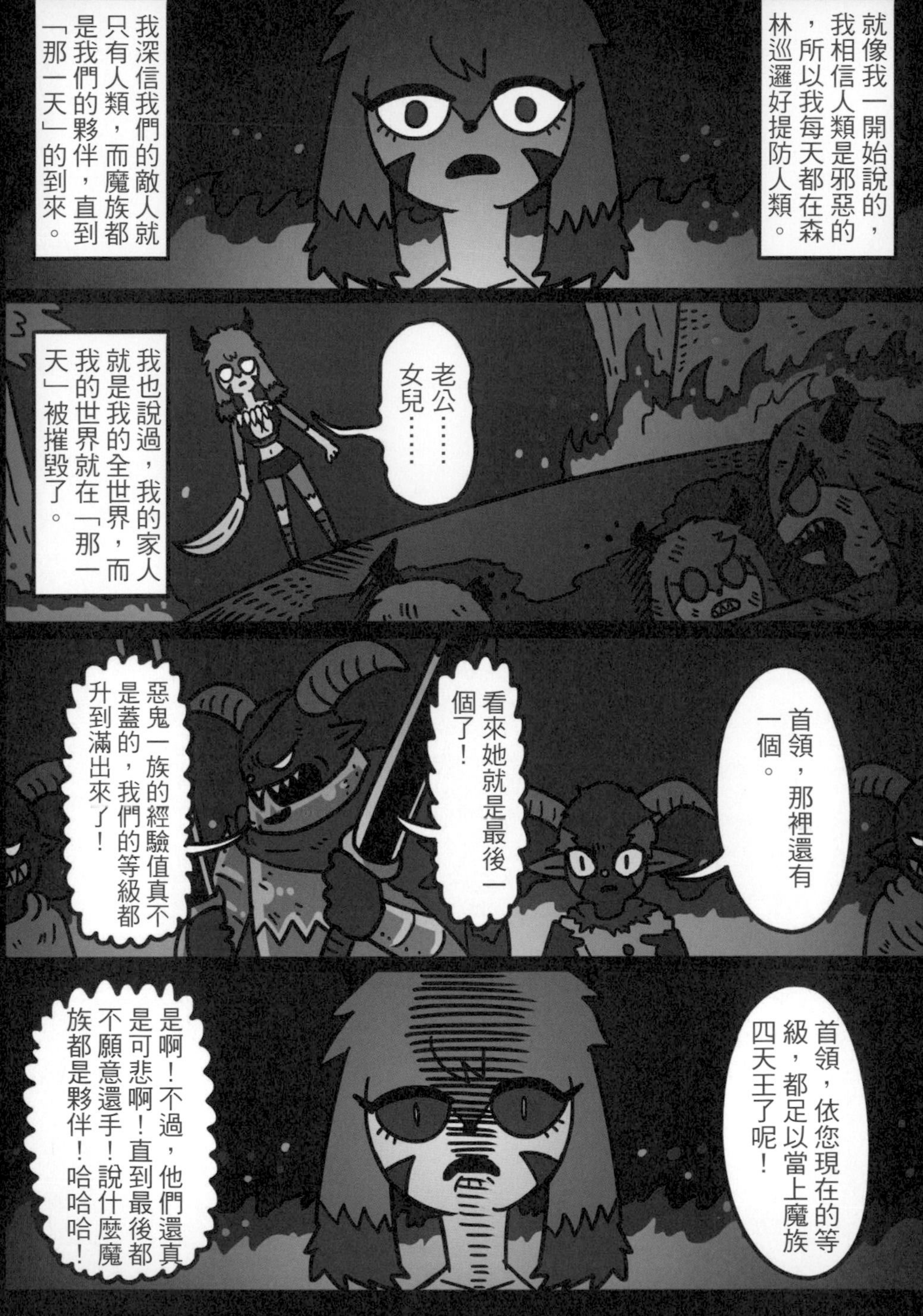
就像我一開始說的，我相信人類是邪惡的，所以我每天都在森林巡邏好提防人類。
我深信我們的敵人就只有人類，而魔族都是我們的夥伴，直到「那一天」的到來。
老公……女兒……
我也說過，我的家人就是我的世界，我的全世界就在「那一天」被摧毀了。
首領，那裡還有一個。
看來她就是最後一個了！
惡鬼一族的經驗值真不是蓋的，我們的等級都升到滿出來了！
首領，依您現在的等級，都足以當上魔族四天王了呢！
是啊！不過，他們還真是可悲啊！直到最後都不願意還手！說什麼魔族都是夥伴！哈哈哈！

混帳……惡鬼一族不是都不會還手嗎？
我說妳也太強了吧？要不是我等級有提升，我看我早就被秒殺了！
我的部下都已經被妳滅光了……妳有這種力量，就該拿去對付人類啊！
躲在這個小村莊裡與世隔絕很愜意是吧？
要是妳願意站出來對抗人類，我還需要做這種事情嗎？
妳這個自私的魔族！
把其他魔族當成自己經驗值的混帳，沒有資格說我自私！
我才沒有錯！錯的都是你們！是你們！

血色花……女兒替我摘了血色花啊……
媽媽！妳臉上的戰紋是用什麼畫的？
是血色花喔！
事到如今，也不用再塗什麼戰紋了吧……
我已經沒有戰鬥的理由了……
即使是遇到這樣的悲劇，即使沒了活下去的動力，但生命還是給了我另一條出路。
前一刻還在想著要怎麼毀滅自己，下一刻就開始幻想自己會有怎樣的未來。
我以為我會心痛到死去，但事實上，我比自己想像得還想要活下去。
突然間，我想去好好看一看外面的世界，就這樣，我離開了這裡，踏上了旅程。

「魔族是善良的，人類是邪惡的」我想親眼去看看這句話到底是不是真的。
不過，這句話到底是誰說的呢？無論是誰，會說出這句話的，八成就是個魔族吧。
我們從小聽到的那些人類很可惡的故事，也都是魔族流傳下來的。
事實上，我從來都沒有被人類傷害過，人類的邪惡對我來說就只是個想像。
我上一次遇到人類是什麼時候呢？奇怪？說起來，我真的有遇過人類嗎？
人類到底長怎樣呢？跟我們一樣長著角嗎？皮膚有鱗片嗎？背後有長著翅膀嗎？
抱著這樣的疑問，我來到了人類的村莊。
啊！是魔族！

天啊！妳怎麼會遇到那麼悲慘的事？我也是個有孩子的母親！我懂妳的痛苦！
魔族怎麼會這樣對待魔族呢？我們人類可都是非常團結的呢！
妳真可憐！妳就先留在這個村莊吧！
我家還有一張床可以讓妳休息，妳就好好休息一下吧！
我家還有幾件衣服可以讓妳穿，儘管拿去吧！
這裡有我剛煮好的料理，趁熱吃吧！
但……我是魔族啊，魔族應該是人類的敵人吧？
在我們眼裡，妳只是個受了傷的女人，我們才沒有把妳當成可怕的魔族看待呢！
啊！勇者大人！
喂喂喂！這裡怎麼會有魔族啊？妳們倒是給我解釋清楚啊！

天啊！妳這麼可愛的一個女孩子怎麼會遇到這麼可怕的事？怎麼能這樣？天啊！
真不愧是可怕的魔族，還把其他魔族當成經驗值，光想就覺得可怕。
妳現在一定不敢回到魔族那邊齁？別怕，妳就先住在這裡吧！我會跟村長解釋的！
前輩，你還真的想收留魔族啊？消滅魔族才是勇者該做的事吧？
囉嗦！消滅魔族只是勇者的「工作」，並不是「勇者」這兩個字真正的意義！
隨便你了，就不要到時候被國家高層發現。
歡迎妳來到這裡！我是負責守護這個村莊的「拔刀勇者」！
這裡的村民都不會傷害妳，妳就把自己當作是人類吧！這樣對大家都好！

我在這個人類村莊過著非常快樂的日子，每個村民都很熱情，大家都對我很好。
彷彿我從一開始就是他們的族人一樣，我甚至都忘記自己是魔族了。
或許人類真如魔族說的那樣可怕，但也許那些魔族根本沒見過人類的這一面。
人類的日常和魔族的日常基本上沒有什麼差異，互相幫助，一起享受和平。
就像我曾經居住的村莊，如此和平，和平到像是這個世界沒有戰爭。
A·MISSION
CRUEL MOUSE
A·MISSION
ANGER GOAT
A·MISSION
COLD BLOOD CHICKEN
但是，酒館布告欄上的一張臉孔提醒了我，戰爭是存在的，一直都存在。
你不知道戰爭何時會在你面前發生，你只能成為戰爭下的犧牲品，
或是，眼睜睜看著戰爭結束，然後你將會得到一顆殘破不堪的心，直到死去。

我剛剛在酒館裡看到這個，
A·MISSION
ANGER GOAT
他是誰呢？
喔，他是「憤怒山羊」，是魔族四天王－戰鬼的其中一位手下。
戰鬼底下除了三魔將以外，還有十二個軍隊長，
人們都稱他們為「十二屠夫」。
他就是之前把我的故鄉滅掉的魔族。
A·MISSION
ANGER GOAT
原來如此，難怪最近都沒看到他出沒，他很常跑來破壞這附近的人類村莊，相當令人頭痛。
等等！他就是之前滅妳故鄉的魔族？那不就表示……
妳、妳之前說妳滅掉的軍隊是「憤怒山羊」的？靠妳自己一個人滅掉的?!

謝謝妳！妳解決了一個麻煩的魔族！妳等於是救了許多人的性命！
我不知道該怎麼表達我的謝意！
別、別這樣！我也很感謝你讓我住在這裡啊！勇者先生！
不過，請妳務必要答應我，千萬不要將這件事告訴其他人，
要是其他人知道妳那麼強大，會惹上麻煩的。
為什麼不能讓其他人知道？要是大家知道我很強大，就可以依靠我了啊！
我也想為這個村莊付出些什麼啊！
人類是很愚蠢的，即使妳不是我們的敵人，人類仍然會對強大的妳抱有敵意。
人類能夠很輕易地接受弱小，但對於強大卻非常小心眼。

我真不懂拔刀勇者前輩，為什麼要收留那個魔族，魔族可是我們人類的敵人啊！
「我們」人類？你還真把自己當作人類啊？
別鬧啦！獸耳精靈！你們只是「被歸類」為人類！才不是真正的人類呢！
唔……
你以為我們會把你當成人類看嗎？
去照照鏡子吧！別笑死人了！
兩位，要是你們再繼續說下去，我就要把你們理成光頭囉！
對、對不起！拔刀勇者！

謝謝你，前輩，對不起……
我明白你為什麼那麼排斥魔族，畢竟你從以前就被灌輸「魔族是敵人」的想法。
我啊，年輕時曾當過前前任國王的護衛。
他總是偷偷跟我說他去魔族領地遊玩的故事。
那都是一些非常溫馨可愛的故事。
人類也不見得都是同伴啊！人類之中也有許多敵人！
魔族中當然也會有能和我們友好相處的同伴，不是嗎？
要是大家都能夠友好的打招呼，世界就和平啦！

我來幫妳拿吧。
謝謝你！
嗯。

拔刀勇者，要不要吃看看我剛剛做的炸肉餅呢？
喔喔喔，太好了！我剛好肚子餓了！
妳來到這邊也已經一個多月了，生活方面都還習慣吧？
唔喔……好吃！
嗯！大家都很好相處呢！這個炸肉餅的料理方法也是從其他村民那邊學到的喔！
果然是因為大家都把我當成人類看待吧？
嗯……老實說我也不確定，雖然嘴巴上是那樣說，但實際上妳就是魔族啊。
妳是人類還是魔族或許都無所謂，大家只是很純粹的喜歡妳吧！
聽到你這樣說，真是太高興了！謝謝你！

很突然的，戰爭又在我眼前發生了。
為什麼戰爭能夠如此輕易的發生呢？
我是戰鬼大人麾下的十二屠夫之一！「殘酷老鼠」！
我們要占領這座村莊！把這裡變成戰鬼大人的領地！
可惡！讓我去打敗他！
不行！我說過了！不能讓別人知道妳有多厲害！
你要我眼睜睜看著這座村莊被毀掉嗎？
我要妳當一個被勇者保護的村民！我會保護你們！相信我！

等級比較低的勇者都先去幫忙村民避難！
跟那些魔族戰鬥只會讓你們白白犧牲！
好、好的！
請您多多保重！拔刀勇者大人！
喂！你們兩個也是！不要做無謂的犧牲！
我們可不想讓你一個人在這邊耍帥啊！我們好歹也是勇者呢！
如果我們的戰鬥能夠替村民爭取逃跑的時間，那也就值得了！
你們……真是傻瓜。
我們才不是傻瓜！我們可是勇者啊！

可惡的人類啊！你們過去不斷侵略魔族！現在可不一樣了！
現在輪到我們反擊了！這是你們的報應！來感受我們曾經受過的痛苦吧！
勇者啊！別以為只有你們能夠把我們當成經驗值！我們也可以把你們當成經驗值！
你現在一定很後悔吧？後悔當初來傷害我們這些無辜的魔族！現在後悔也沒用了！
哼，我一直以來都只是單純的守在村莊，從來沒有主動攻擊過魔族。
這些村民也都是單純的在這裡過著自己的生活。
在我眼前的魔族，對我來說，都是主動來攻擊人類的魔族。
所以我何必要後悔，而你們也並不無辜。

大家！趁現在快點逃吧！我會保護你們！
你有想過嗎？為什麼你們這些勇者要保護那些村民？
他們如此弱小，卻要讓強大的你賭上性命來保護他們！
我沒去想過！勇者本來就該保護弱小的村民！就算賭上性命也在所不惜！
我就是為了此刻而誕生在這世上的！
那你就在此刻死去吧！雞爪．洞！
嗚呃呃呃呃！

可惡啊啊啊啊啊！
唔呃！
惡鬼一族？真是意外，我以為我這輩子都見不到呢！
你們的祖先救了許多魔族，我們的祖先曾經也被惡鬼一族救過。
我們一直都很敬仰惡鬼一族呢，就算如今會死在妳的手裡，
我也不恨妳。妳會這樣做，一定也是為了拯救魔族……對吧？

哼哼，村民都去避難了，我所做的一切都算值得了……
魔族啊！我已經通報勇者公會了！其他勇者馬上就會趕來了！
身為勇者卻盼望著其他勇者的到來，你們這些人還真是可悲！
只要能保護村民，就算可悲也無所謂啊！
抱歉，我還是忍不住動手了。
哈哈。

怎、怎麼會這樣？
妳也太強了吧？一個人就解決掉那些魔族了！
我、我要去告訴其他村民！
可惡！沒想到還有村民躲在這裡！
我就先離開這裡了，這樣對我們都好，謝謝你這陣子的照顧。
嗯，也謝謝妳拯救了這個村莊，妳……保重啊。

她離開了嗎？真不公平，她明明拯救了這個村莊……
別說話了。
你先好好休息一下，等支援來替你治療。
前輩，我的表現還可以嗎？我這樣算是一個人類了嗎？
我很在意……
一直以來，我都想要讓別人認為我是個真正的「人類」……
笨蛋，你才不是什麼人類。
你是獸耳精靈，你要以自己為榮，你根本不用當什麼混帳人類。

我就想說那隻雞跟老鼠怎麼那麼慢。
原來是被勇者給解決掉了啊，真丟臉。
竟然還有魔族？
我是十二屠夫之一的「無懼野豬」！
戰鬼大人可是非常想把這個村莊拿來當作領地呢！
可惡，這裡除了我，已經沒有其他勇者能夠戰鬥了！
別擔心，我們來了。
感謝你為這個村莊戰鬥到最後一刻！接下來就交給我們吧！
最、最強的補師和最強的勇者！

傷患就交給妳了，魔族讓我來處理。
好，你就讓他們知道最強勇者的厲害吧！
最強勇者？我怎麼沒有見過你？那個稱號是講給你們人類自己聽的嗎？
你當然沒有見過我。
因為見過我的魔族，都已經不在了啊。
開玩笑的啦，我只是一直很想講那句話而已，哈哈哈！
喂……你、你是怎麼一回事啊？
你不是無懼野豬嗎？怎麼可以露出那種害怕的表情呢？
什麼勇者啊……你根本比魔族還像魔族啊！
最強的獸形師&
最強的勇者
怪物勇者

美夢勇者大人，我、我還有救嗎？
別擔心，只要沒死，我都救得回來！
我如此弱小，繼續活著還有什麼意義呢……
別只想著逃避啊，看看那些在戰爭中死去的勇者吧！
他們是因為勇敢面對敵人才喪命，不是因為逃避而喪命的。
他們的生命是耀眼的，而活下來的你，怎麼能夠不綻放光芒呢？
所以，你就繼續帶著這副完好無缺的身體去對抗這個不完美的世界吧！少年！

在解決掉剩下的魔族以及治療完受傷的勇者後，怪物勇者和美夢勇者便離開了。
他們離開後，原本逃去避難的村民都紛紛回來村莊了。
拔刀勇者大人，我們聽說了，那位女魔族打敗了許多魔族。
嗯，她……
我們都找不到她，我們大家都想要好好謝謝她。
是啊，她不但是我們的英雄，也是我們最親愛的族人！
拔、拔刀勇者大人您怎麼哭了？我們說錯什麼了嗎？
發生什麼事了？請您別難過啊！

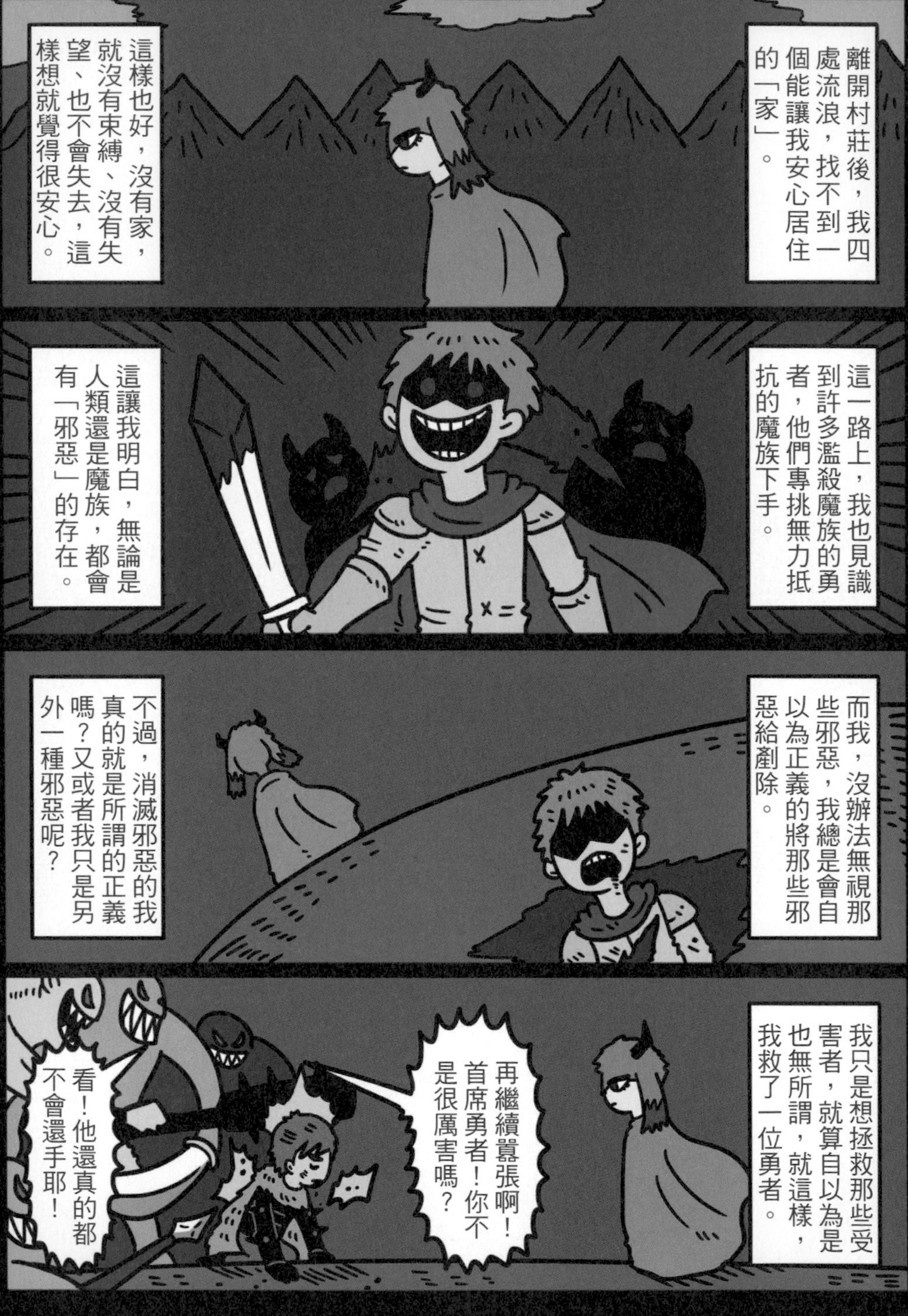
離開村莊後，我四處流浪，找不到一個能讓我安心居住的「家」。
這樣也好，沒有家，就沒有束縛、沒有失望、也不會失去，這樣想就覺得很安心。
這一路上，我也見識到許多濫殺魔族的勇者，他們專挑無力抵抗的魔族下手。
這讓我明白，無論是人類還是魔族，都會有「邪惡」的存在。
而我，沒辦法無視那些邪惡，我總是會自以為正義的將那些邪惡給剷除。
不過，消滅邪惡的我真的就是所謂的正義嗎？又或者我只是另外一種邪惡呢？
我只是想拯救那些受害者，就算自以為是也無所謂，就這樣，我救了一位勇者。
再繼續囂張啊！首席勇者！你不是很厲害嗎？
看！他還真的都不會還手耶！

謝謝妳救了我，沒想到會被魔族救。
不客氣，不過你為什麼不還手呢？
我想試著用和平的方式跟那些魔族溝通，但顯然是沒辦法的。
妳身為魔族卻對魔族下手，這樣沒關係嗎？
邪惡是不分種族的。
邪惡是不分種族的嗎？我倒認為善良才是不分種族的呢。
意思都一樣啦。

所以，你覺得這世界上沒有邪惡的存在嗎？
嗯……
偷偷跟妳說，其實我覺得這世界上最邪惡的是……
人類。
你才剛說善良不分種族，現在卻不信任自己的種族啊？
因為人類真的很邪惡啊……

喂！前面的勇者，請你們住手！
不要再傷害無辜的魔族了！
嘖，又是首席勇者！
真掃興。
等等，首席勇者大人，您旁邊那位是魔族吧？
這樣不太妙吧？身為勇者公會的形象代言人卻和魔族走在一起！
我說～您這樣算不算是叛國賊啊？
忘了跟妳說，其實很多勇者都很討厭我。
看得出來。
和魔族交朋友還那麼囂張啊？您的道德標準就只會拿來約束其他勇者嗎？
然後，我也沒辦法對這些勇者下手。
但我可以。

大家都說我浪費了這身神裝，因為我根本不會用這套神裝來殺魔族，
這身神裝也不是我自己想穿的啊，是我爸給我的。
我現在不但被其他勇者排擠，還沒辦法和平的說服那些強硬的魔族，
我真是遜爆了，早知道就和第二勇者一起離開公會了……
等等，說不定我遇見妳並不是偶然，而是必然啊！
無論是人類還是魔族，妳都能毫不猶豫的下手！
就請妳收下我這身神裝吧！比起我，妳更適合這件神裝！
我太懦弱了，無法消滅眼前的邪惡，如果是妳，一定可以的！

抱歉，突然自作主張要妳收下這身裝備，妳就忘記我剛才說的話吧，
我可不能把這個重責大任隨便丟到別人身上，請妳當作我在亂說話吧。
我並不認為這是什麼重責大任，對我來說那就只是一套裝備。
不過，雖然你說這套裝備在你身上沒有價值，但是你有沒有想過，
說不定「沒價值」才是這套裝備真正的價值呢！對了，我覺得你沒有在亂說話，
你確實很懦弱，懦弱到連武器都不敢用，你可能永遠都會被人類與魔族排擠。
不過我覺得你很勇敢，承認自己懦弱是需要勇氣的！
不想穿那套裝備的話，就別穿了吧！

我爸曾經穿著這套神裝打敗了許多魔族，也得到了最強勇者的稱號，而我卻……
BRAVE
你爸是你爸，你是你。話說，為什麼這套裝備穿到我身上就變成這樣了？
我如果沒穿裝備直接去說服那些強硬的魔族，會更容易成功嗎？
不，你會被殺掉，別做這種傻事。
答應我，這套神裝是為了要消滅「邪惡」而存在的，不要拿它來傷害無辜的生命。
我答應你，你自己也要好好保重，你是個非常善良的人類，要好好活下去。
或許我們很快就會知道我的這個決定是不是正確的了。
別去想這個問題了，好好當個沒有神裝的凡人吧！

現在
原來如此，不過，首席勇者現在的模樣真是令人心疼呢……
是啊，我真懷念他來這邊收房租的日子！
他、他怎麼了嗎？
WANT
他把裝備給妳後，就被勇者公會及國家高層大力譴責，還被踢出勇者公會。
要不是因為他曾是勇者公會的形象代言人以及黑勇者的兒子，早就被抓去關了吧。
BRAVE
他現在居無定所，整天在城鎮的角落高舉著「和平」的看板。
PEACE
城裡的人恐怕也早就忘記他曾經是勇者了吧，畢竟人們都是很健忘的。
我倒覺得這樣挺好的，他總算敢舉起自己的武器了！
對他來說，這才是最幸福的吧。

被勇者公會除名後，連一般的生活都過不起了嗎？首席勇者。
PEACE
唉，雖然我也知道為什麼會這樣，因為你總是把全部的所得都捐給慈善機構。
我也是因為你的捐款才能好好的活到現在呢，總之，我認為你現在退出正好，
因為「那位大人」已經要開始對勇者公會出手了，「勇者」或許就快要消失了呢。
哈，勇者公會裡果然有「其他勢力」存在嗎？妳敢對我坦承，是因為……
我在勇者公會中已經沒有地位了吧？不過老實說，勇者公會怎樣都與我無關了。
我會對你坦承，是因為你是個令人尊敬的勇者，謝謝你一直以來的努力。
接下來，就請你以旁觀者的角度看著「勇者的末日」吧。

BRAVE
離新魔族四天王的「決定日」剩下不到一個禮拜，
而勇者公會這邊，則舉辦了一年一度的盛大活動。
新建的勇者公會與新的公會城
各位勇者！歡迎來到一年一度的～～「勇者慶功宴」！
今年會由誰得到最強勇者的稱號呢？
真是令人期待！
那麼就～～～開始囉！

我們先請勇者公會的新會長上臺致詞吧！讓我們歡迎白勇者大人！
謝謝妳，主持勇者！
各位勇者大家好，今天很高興能和各位齊聚一堂！
勇者，顧名思義就是勇敢的人，各位都是為了保護人們勇敢挺身而出的勇者！
你們要以自己為榮！今天，將會以今年的綜合成績來選出今年的「最強勇者」！
在這之前，我要先頒發「最強的坦克」稱號給滅火勇者！
你在「墮落狂魔之戰」中保護了許多村民！這個稱號真是實至名歸啊！
欸？最強的坦克？我、我沒有那麼厲害啊！
而且我根本就不是什麼坦克啊！
這是拿到「最強的坦克」稱號後的稱號獎金，以及每個月的稱號補貼。
……我知道了，我以後就是最強的坦克了。

在公布最強的勇者前，我們要先來公布今年的勇者公會形象代言人！
形象代言人除了要有強大的實力，還需要有非常高的人氣與評價！
今年的形象代言人是「偶像勇者」！請各位用熱烈的掌聲來恭喜她！
那麼，我們就請偶像勇者對映像水晶前的觀眾說幾句感言吧！
謝～謝各位那麼喜歡我！我會更加努力當一個好勇者！
也請各位以後繼續支持我喔！偶像勇者最愛你們了！
偶像勇者真棒呢！
她感覺就很有誠意啊！
能被這樣的勇者保護真是幸福啊！
不過我都忘記上一個代言人是誰了！

那麼！我們現在就來公布今年的「最強勇者」吧！
綜合了任務完成數、支援其他勇者次數、拯救的村民人數、守護村莊次數等，
今年的最強勇者就是「怪物勇者」！他已經連續四年當上最強的勇者了！
讓我們以最熱烈的掌聲恭喜他！也請怪物勇者對映像水晶前的觀眾說幾句感言！
世界和平光靠勇者的努力是不夠的，
無論是勇者還是村民都必須要一起努力！
一起努力？為什麼我們也要努力啊？
維護世界和平不是勇者的工作嗎？
而且我根本感覺不出他有救過那麼多人啊！
強者都不明白我們這些弱者有多無力啊！

接下來就是最開心的宴會時間啦！請各位勇者好好享受吧！
大家都辛苦了！新的一年還請繼續加油！
我明明就消滅了超多魔族，為什麼我不是最強勇者呢？
因為妳也毀了很多人類村莊啊！都要靠我善後，真是的！
哈哈哈哈哈！
以後有更多錢可以照顧媽媽和妹妹了！
這杯酒敬妳！越來越人類的魔龍勇者！
我還記得自己是「誰」，好嗎？
接下來也請你多多指教了！最強的勇者！
嗯！我會扮演好自己的角色！
當勇者真是太棒了！

BRAVE
「勇者慶功宴」平安的結束了，沒有任何的驚喜與意外。
大家在宴會結束後，紛紛離開勇者公會。
有些勇者在結束後跑去附近的餐館繼續慶祝。
他們想繼續沉浸在宴會的歡樂之中。
有些勇者則是馬上去執行任務。
對他們來說，宴會只是短暫的休息。
然而，還有一些勇者正在進行著「不為人知」的計畫……
來，進去吧。

大人！我們來了！已經一個多月沒見了吧！您還好嗎？
總算可以變回來了，一直維持人類的外貌好累啊！
偶像！怪物！
你們看起來都很有精神呢！我有看映像水晶喔！
恭喜你們拿到了形象代言人和最強勇者的頭銜啊！
哇！大人，您的盔甲怎麼變得這麼可愛？殺氣全都不見了耶！
這樣的大人還是很有魄力呢，真帥啊！
他原本的盔甲被人類給毀了，而且他還差點死在那個人手上。
人類？是誰？我要去解決他！

在我還小的時候，我的村莊被勇者國「清理」掉了，因為我們村莊中有某些村民曾經反抗過勇者國。
在我還小的時候，我的同族都被勇者給消滅了，沒有理由，只因為我們是魔族，我們完全沒有主動攻擊過人類。
當時，一位路過的魔族救了我，並且把我偷偷安排到勇者國的「孤兒院」生活，那位魔族，就是我的「大人」。
當時，一位路過的魔族救了我，然後將我帶到其他魔族的村莊，那位魔族，就是我最尊敬的「大人」。
我在孤兒院平安的長大了，而我和那位大人一直以來都會定期見面，為了向勇者國復仇，我決定要成為勇者。
我努力的向其他魔族學習「魔法」，我發現我非常擅長「變形魔法」，我會變成各種動物，以及——人類。
現在，我成了勇者公會的形象代言人「偶像勇者」，終於走到了這一步，我將會用這個身分向勇者國復仇！
現在，我成了最強的勇者，當然，沒有人類知道我其實是魔族，我將會成為「大人」最鋒利的劍，砍向人類！

喔，原來是魔法學院副院長毀掉您的盔甲啊，您還活著可真是非常幸運啊。
是啊，他可是人類之中最頂尖的強者呢！我跟偶像就算聯手也毫無勝算。
不過「圖書館姊姊」不是已經叫您不要去碰上他了嗎？您為什麼不聽她的話？
大人，您的性命是非常重要的！
對不起啦！是我一時衝動，我以後會乖乖聽話的。
話說回來，我們終於要向勇者公會反擊了呢！您的最終目的一樣沒有變吧？
是啊，我要在魔族蓋一座圖書館。
只不過這座圖書館是由無數勇者的屍體堆砌起來的。
人類本身並沒有錯，但是他們創造出了名為「勇者」的錯誤。

不久之前你不是才說過，要讓魔族們來決定你要當一本溫馨的童話故事。
還是一本殘酷的黑暗小說嗎？看來你已經下定決心要當黑暗小說了啊！
說不定消滅勇者對魔族來說才是童話故事呢，而且這是我聽了許多魔族心聲後的決定。
魔族都痛恨勇者，卻不敢反抗，不敢表現出凶狠的那一面，深怕引來更激烈的攻擊。
許多魔族都還是想要當「表面上看起來無害」的魔族，畢竟他們也沒辦法失去更多了。
既然如此，我們就不要靠魔族去對抗勇者，我們要靠勇者去對抗勇者。
這樣我們既能讓魔族戴著無害的面具，又能夠確實對勇者公會造成傷害。
我讀過許多書，也知道人類從以前到現在做了些什麼，其實我並不討厭人類。
他們只是比魔族還要「聰明」，如今，我也要用聰明的方法來對付他們。

不過我真的很開心！我原本以為向勇者國復仇會是很久很久以後的事情！
沒想到大人您現在馬上就決定要反擊了！是因為被提名新四天王所以有壓力了嗎？
我、我只是想為魔族做些什麼而已……
喂！沒禮貌！大人才不會為了要當新四天王做這種決定！
他一定是深思熟慮後才得出這樣的結論！
沒、沒錯，怪物，就是你說的那樣。
在你反擊前要不要先去知會一下魔王啊？
我已經跟他談過了。
魔王他啊，可是非常痛恨勇者的呢。
或許是因為他曾經當過勇者吧……

一天前
你要用這種方式向人類反擊啊……
嗯……感覺起來是會滿有效的……
您要是沒意見，我就執行了，魔王大人。
執行吧，我早就不追求什麼世界和平了……
我現在要追求的是「魔族的和平」啊！
我想問你個問題，孤獨大將軍。
對你來說，世界上最邪惡的存在是什麼呢？是人類嗎？
邪惡和善良只是我們想像出來的，大家都只是立場不同。
我可不是因為人類邪惡才想對抗他們，我只是想讓魔族有更美好的未來罷了。
就算人類把我當成邪惡的存在也無所謂，反正魔族也已經「善良」夠久了，對吧？

不過，我們到底怎麼向人類反擊呢？您可以簡單向我們說明一下嗎？大人！
簡單來說就是……
怪物勇者已經有好好的調查那位「召喚勇者」了吧？他所建立的「魔物狩獵場」是一個非常「恐怖」的存在，我想怪物勇者也已經多多少少知道關於狩獵場的事實了吧？沒錯，就如同我之前推測的那樣，那些被召喚勇者召喚出來的魔物們，他們的真實身分都是我之前和你們所講的那樣。
其實那些魔物的真實身分，我是根據我之前所讀的書籍來推測的，有許多的書本都有提到一點……「人類的由來」，雖然沒有任何一本書講明，但是，根據我的觀察，還有現在這位「魔王」的誕生，我們就可以很合理的推測出那些魔族的真實身分。
要是知道那些魔族的真實身分，其他的勇者和人類又會怎麼想呢？那些一直以來都被放在「狩獵場」的魔族，一直以來都被勇者當成「經驗值」的魔族，這件事絕對會讓「勇者國」發生巨變，我相信人類絕對無法去忽視這些可怕的事情。
不過，「召喚勇者」是個極度謹慎的勇者，要讓大家看到這件「真相」，恐怕是一件非常困難的事情，所以，我們必須和其他「懷疑勇者國」的勇者們集結起來，一起同心協力將這件事情曝光，然後，偶像，妳的任務也非常重要，妳要利用妳的身分，讓村民開始質疑「勇者存在的意義」，我會再跟妳說要怎麼進行。
好，我知道了，感謝您簡單的說明，大人！
這哪裡簡單了？可以把說明簡化到五個字以內嗎？

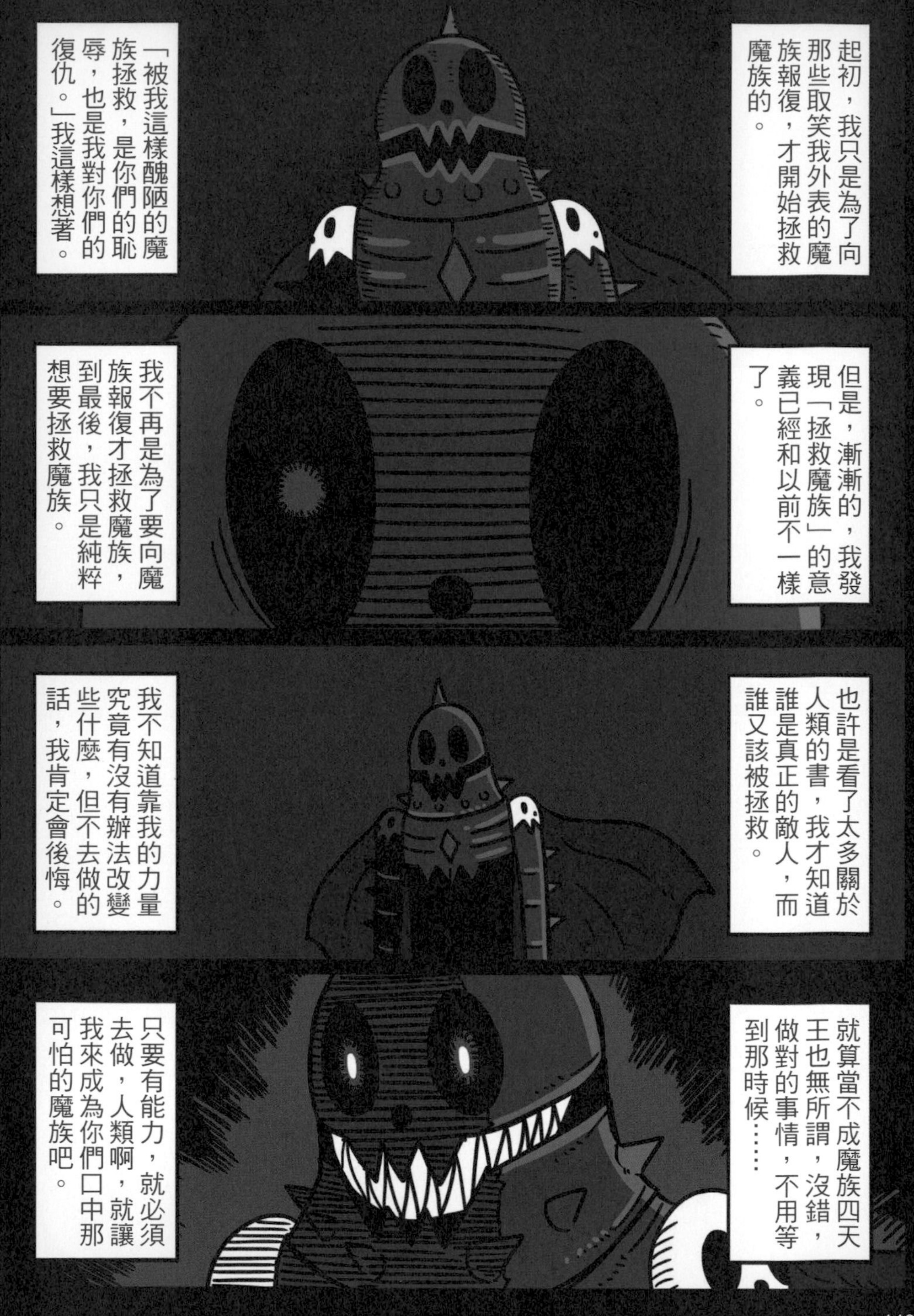
起初，我只是為了向那些取笑我外表的魔族報復，才開始拯救魔族的。
「被我這樣醜陋的魔族拯救，是你們的恥辱，也是我對你們的復仇。」我這樣想著。
但是，漸漸的，我發現「拯救魔族」的意義已經和以前不一樣了。
我不再是為了要向魔族報復才拯救魔族，到最後，我只是純粹想要拯救魔族。
也許是看了太多關於人類的書，我才知道誰是真正的敵人，而誰又該被拯救。
我不知道靠我的力量究竟有沒有辦法改變些什麼，但不去做的話，我肯定會後悔。
就算當不成魔族四天王也無所謂，沒錯，做對的事情，不用等到那時候……
只要有能力，就必須去做，人類啊，就讓我來成為你們口中那可怕的魔族吧。

在反擊之前，按照慣例，先來開個讀書分享會吧。
大人！您的手怎麼那麼酷！
有這隻手就能隨時隨地看書了！
我這次看了這本時尚雜誌！
我讀了這本《戴著人類面具的野獸》！
大人！您看，這個穿搭很適合我吧？
其實我覺得有很多人類比野獸還可怕呢！

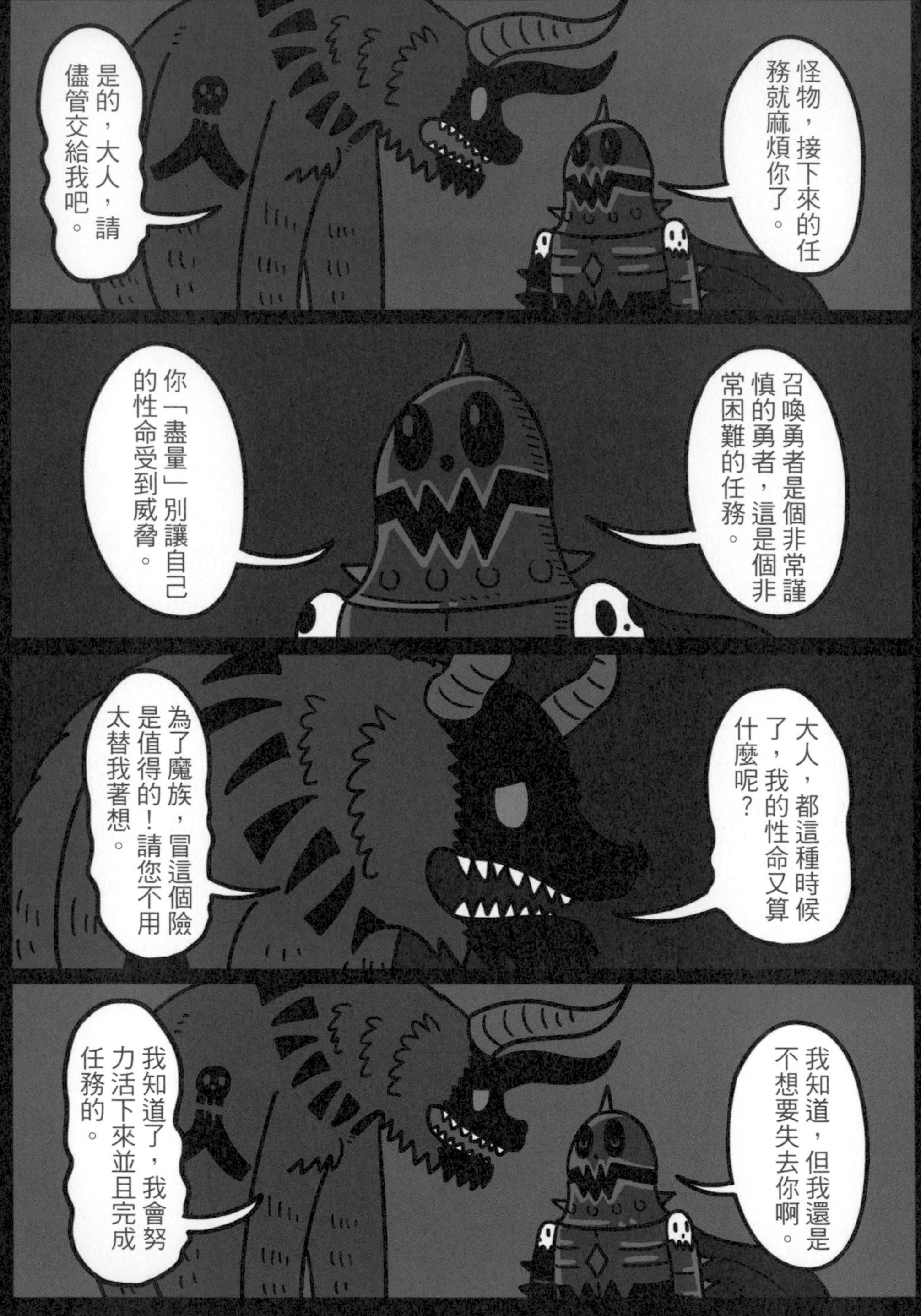
怪物，接下來的任務就麻煩你了。
是的，大人，請儘管交給我吧。
召喚勇者是個非常謹慎的勇者，這是個非常困難的任務。
你「盡量」別讓自己的性命受到威脅。
大人，都這種時候了，我的性命又算什麼呢？
為了魔族，冒這個險是值得的！請您不用太替我著想。
我知道，但我還是不想要失去你啊。
我知道了，我會努力活下來並且完成任務的。

第十一章（上）

魔族狩獵場

魔族狩獵場　會客室
召喚勇者，我是新上任的勇者公會會長，之後還要請妳多多幫忙了！
妳的存在對於勇者國來說是非常重要的！感謝你們召喚勇者一族長久以來的付出！
喂，為什麼會長和國王對召喚勇者那麼客氣啊？
你是新來的吧？召喚勇者的地位可是非常高呢！
是啊！要是沒有召喚勇者，勇者國就不會那麼強大了！
不用那麼客氣，兩位，我只是在做我份內的工作罷了。
我們都是在為這個勇者國付出啊，不是嗎？
「魔族狩獵場」是為了勇者而存在的，讓勇者越來越強大吧。
最強的召喚師
召喚勇者

勇者是保護人類安全的守護者，但勇者並不是一開始就很強，那要怎麼變強呢？
LV UP!!
就是透過打倒魔族來獲得經驗值，而那些經驗值會讓勇者升級，使勇者變強。
但是，魔族每天每天不斷被勇者打倒，魔族的數量一天比一天還要少，
要是弱小的魔族都被消滅了，只剩下強大的魔族，那些新手勇者該怎麼升級呢？
好險，我們有召喚勇者！召喚勇者會「召喚」出許多魔族，提供勇者「升級」。
因為有召喚勇者，新手勇者不用再擔心弱小的魔族都被其他人給搶光了！
「魔族狩獵場」中有著大量的經驗值等著你來拿！從最弱小的魔族到菁英怪都有！
身為勇者的你！請來「魔族狩獵場」好好鍛鍊自己，成為你理想中的勇者吧！

召喚勇者不但要召喚魔族，還要管理這座「魔族狩獵場」，光靠她一人是不夠的。
她需要有人協助她。她身邊有三位愛將，他們奉獻自己的一切來協助召喚勇者。
首先是負責保護召喚勇者的「憤怒先生」，他是個強大的攻擊型魔法師。
憤怒先生能消滅所有想要對召喚勇者不利的敵人，他是召喚勇者的貼身保鑣。
再來是負責收集召喚材料的「悲傷小姐」，她所使用的魔法能夠捕捉到「材料」。
因為召喚魔族是需要消耗「材料」的，而悲傷小姐最擅長的就是收集那些材料。
最後是負責調教魔族狩獵場中所有魔族的「開心小精靈」，他的魔法會使人開心。
讓這裡的魔族保持愉快的心情就是他的工作，魔族狩獵場是個快樂的練功聖地！

血汗聯盟 基地
魔法學院副院長跑去攻擊你們嗎？還因此失去了一百位夥伴……可惡！
不死女王，妳怎麼不找我們去幫忙呢？大家同心協力的話或許就能阻止他了！
沒有必要阻止他。
那一百位夥伴是自願赴死的，他們很願意為了保護血汗聯盟而犧牲自己的性命。
反正我們不死族都已經活太久了，讓自己的性命結束得有價值也是一件美好的事。
唷哈！有客人來找你喔！盟主！
客人？
屠龍……不，血汗聯盟盟主，你好，我是孤獨大將軍。
今天來找你，是想尋求你們血汗聯盟的協助，請和我們一起對抗「勇者」！

等等，妳不是魔法學院的圖書館管理員嗎？怎麼會出現在這裡？
是又怎樣？
我可不是你們的敵人喔。
雖然我是圖書館管理員，但我同時也是孤獨大將軍的愛人！
孤獨大將軍會保護魔族，而我會保護孤獨大將軍！
!!
什麼孤獨大將軍，你根本是閃光大將軍。
你也一樣啊，你根本不配叫作屠龍勇者。

自己的另一半是個幼稚的大男孩一定很累人吧？
是啊，真的很累人呢。
還好我的老公是個成熟穩重又可靠的好男人呢！
我的愛人也是個成熟穩重又博學多聞的好男人啊！
哈哈哈哈哈哈哈！
哈哈哈哈哈哈哈！

我明白了，你要揭發「魔族狩獵場」的真相，藉此讓人民的心產生動搖。
不過這樣一來，我們就要和我的女兒「魔龍勇者」為敵了，是嗎？
這點倒不用擔心，我在勇者國有安排一位值得信任的部下。
他也是個勇者，而他已經將你的女兒拉進「對抗勇者」的陣營了。
我覺得你把召喚勇者想得太好對付了，先不談她，光是她的護衛……
那位「憤怒先生」可是個和絕望勇者以及黑色魔劍一樣強大的怪物啊！
沒事沒事！黑色魔劍不在這裡！不怕不怕喔！
不好意思，他現在聽到黑色魔劍這四個字會有點敏感，他上次才被黑色魔劍砍爆。
抱、抱歉啊！

召喚勇者的房間
混帳！起床了！都已經幾點了！
不要再給我賴床了！
MORE WANT
唔……
連自己刷牙都辦不到嗎？真是個廢物啊！我幫妳刷啦！真是的！
唔……
等等刷完牙我再幫妳洗臉和梳頭髮！都已經幾歲了！這種事還要我來做！
唔……
早餐很重要！吃飯要細嚼慢嚥啊！準備早餐也是花了我不少時間！可惡！
今天這道菜色是你新發明的嗎？沒吃過耶！好好吃喔！
是又怎樣！吃飯時不要說話啦！妳覺得好吃就好！真是囉唆！

某個偏遠的村莊
突然下雨了！嗯？怎麼不會被淋濕啊？
好漂亮的雨喔！
奇怪，這個雨是不是在發光啊？
欸？我的身體好像慢慢在消失耶！
我的手不見了！
這真的很奇怪吧？
真是可憐，連自己要被傳送到哪裡都不知道，
請讓我替你們流下眼淚吧，嗚……

那些被「悲傷小姐」傳送的村民們並不知道自己來到了哪裡。
這裡是哪裡啊？
我們怎麼會在這裡？
事實上，他們是被傳送到「魔族狩獵場」裡面。
接著，在他們還搞不清楚狀況的時候，一片黑煙籠罩了他們。
這是什麼東西？
感覺很不妙啊！
那個看起來非常不祥的黑煙，是召喚勇者的「幻覺魔法」。
中招的每個人都會看到屬於自己「最悲慘的悲劇」。
不要啊啊啊啊啊啊啊！
這個幻覺會讓一個人同時感受到最強烈的憤怒、悲傷、絕望。
當一個人被這三種情緒完全支配時，就會產生「變化」。
最後，魔族狩獵場中的「魔族」就這樣誕生了。

我的身體……發生什麼事了？
喂！你們怎麼都變成魔族了啊？
各位小夥伴！請忘掉那些不愉快的事情吧！讓我們開開心心的活著吧
把身為人類的回憶都忘光光吧！那些都是痛苦的回憶！「開心魔法」～
喔喔！突然覺得心情很好啊！嗯？我本來就是魔族啊！我哪有當過人類？
沒錯！我們是在此刻誕生的魔族！
恭喜各位誕生到這個美麗的世界，我是這個世界的「神」。
接下來，就請各位守護好這個世界，打倒那些可惡的勇者吧！

不對！我們本來是人類啊！為什麼會變成魔族啊？可惡！
哇！看來還是有意志力強大的人呢！接下來就是你的工作囉！憤怒寶貝！
嘖，煩死了！
唔哇！火焰！
「怒火中燒」！
咦？一點都不燙耶！
「怒火中燒」是憤怒先生的招式之一，這招最主要並不是拿來攻擊。
奇怪？所以這個火焰是什麼啊？
被「怒火中燒」的火焰燒到並不會受傷，但是體內會出現「火苗」。
接著，只要「火苗」感受到「憤怒」的情緒，就會變成烈火，將身體燃燒殆盡。
哇啊啊啊啊！
所以，就算中招了也千萬不要害怕，只要不生氣就會平安無事了！

唔哇！他就這樣被燒成灰了，感覺好可怕喔！
真的耶……
沒事沒事，別擔心啦！他只是去了更美好的地方了！
這是個充滿快樂的世界，可怕的事情都不存在喔！
所以你們不用感到害怕，儘管享受眼前的美麗世界吧！
原來他是去了更美好的地方啊！真羨慕他呢！
就算是和勇者戰鬥，也是一件很快樂的事情吧？
沒錯～～戰鬥是一件非常快樂的事情喔！就算在戰鬥中倒下，也要好好享受當下！
看到各位那麼快樂，我實在是非常非常非常開心呢！

勇者國 王宮
國王大人，您上次說的那幾座村莊都已經「清空」了，
我們要好好感謝那些村民的付出才行啊，嗚嗚……
是啊，我也要感謝你們。
這樣一來，我就可以請那些繳不出稅的村民搬去那幾座空出來的村莊了。
唉，人類的數量真是太多了，有時候還真羨慕魔族不用煩惱這種問題啊！
這的確是個該煩惱的問題啊。不過，國王大人啊，
您難道不好奇那些被「清空」的村民去了哪裡嗎？我可以偷偷的告訴您喔……
不，我不想知道，我一點都不想知道那些村民怎麼了。
有些事情還是不要知道比較好啊。

魔族狩獵場 入場處
各位是第一次來魔族狩獵場的勇者吧！我是這裡的解說員唷！
首先要請各位在「責任同意書」上面簽名，你們自己的性命要由自己負責喔！
魔族狩獵場有著非常大的狩獵空間，總共有六個區域，
各位可以選擇自己擅長的地形來狩獵魔族，很棒吧！
另外，要請各位特別小心，每個區域都有一位「守護者」！他們都是很厲害的魔族喔！
但是別擔心！在魔族狩獵場中，只要「逃跑」，魔族就不會繼續攻擊你們了！
唉，外面的魔族我都打不過了，好險還有這裡可以練等。
只要繳年費就可以輕鬆練等，這麼好的地方哪裡找啊！

今天都還沒有勇者從「入口」進來呢！我都快等不及啦！
別急！等下應該就會有勇者進來了！
你看！這不就來了嗎？不知道這次來了幾個勇者啊！
打開
終於來了！真是興奮啊！快點來跟我們戰鬥吧！
不管是打敗勇者，還是被勇者打敗，都一樣很開心呢！
不過，既然「外面」有那麼多勇者，我們為何不直接去外面打啊？
嗯……因為「神」禁止我們到外面啊！外面很危險的呢！
也是，我也不知道我幹嘛要問這種問題。走！去享受戰鬥吧！

糟糕！打不過！快點逃跑吧！
轉身
沒錯！只要逃跑，這裡的魔族就不會再攻擊我們了！使用技能「逃……
唔！
呃啊！
牛牛煙大人，感謝您打暈他們啊！
別客氣，把他們變成經驗值吧！
是的！大人！您真厲害！能夠在他們使用「逃跑」之前敲暈他們！
對啊！要是沒有牛牛煙大人幫忙，我們根本就沒有經驗值可以拿呢！

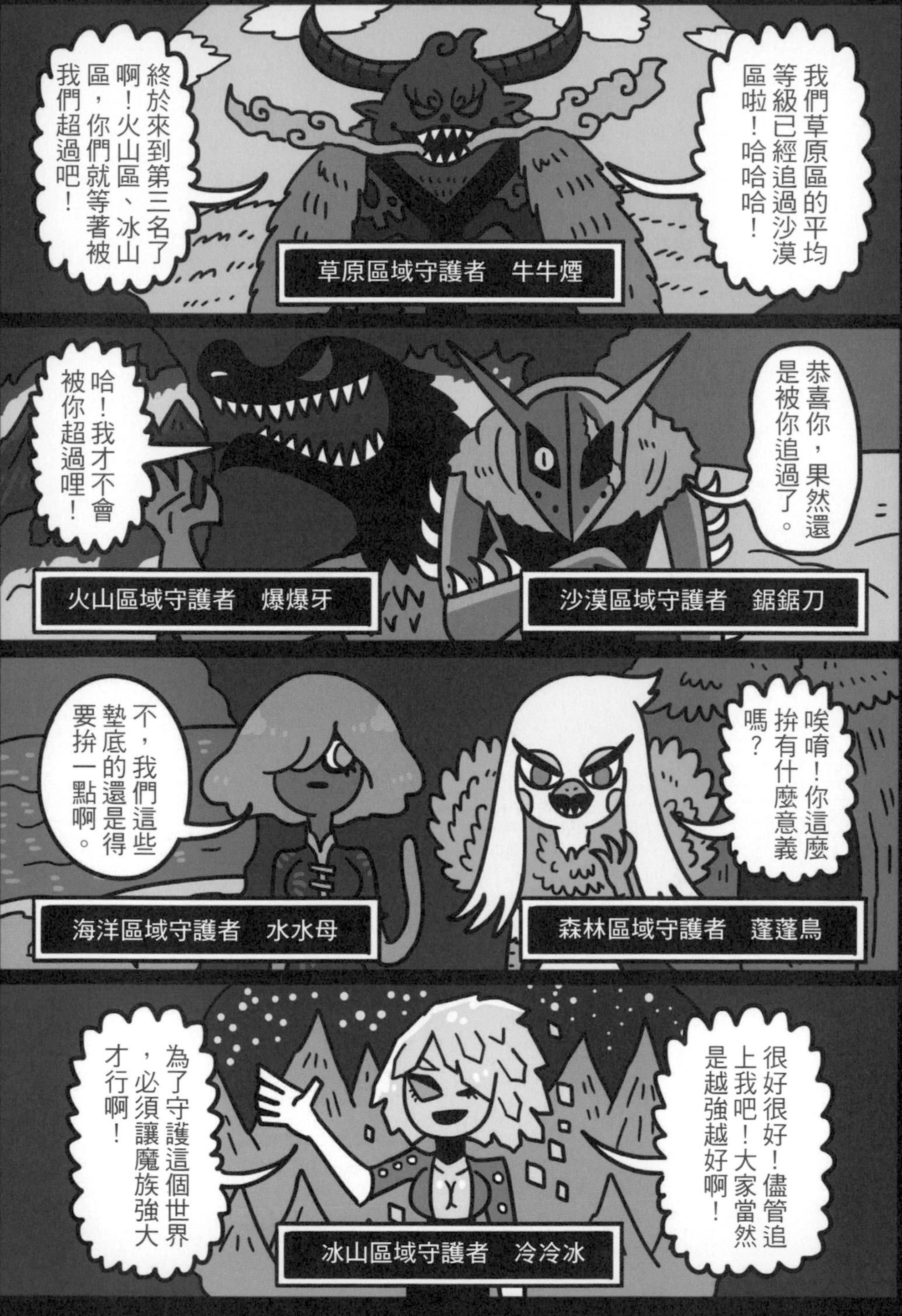
我們草原區的平均等級已經追過沙漠區啦！哈哈哈！
終於來到第三名了啊！火山區、冰山區，你們就等著被我們超過吧！
草原區域守護者　牛牛煙
恭喜你，果然還是被你追過了。
哈！我才不會被你超過哩！
沙漠區域守護者　鋸鋸刀
火山區域守護者　爆爆牙
唉唷！你這麼拚有什麼意義嗎？
不，我們這些墊底的還是得要拚一點啊。
森林區域守護者　蓬蓬鳥
海洋區域守護者　水水母
很好很好！儘管追上我吧！大家當然是越強越好啊！
為了守護這個世界，必須讓魔族強大才行啊！
冰山區域守護者　冷冷冰

在這裡，人們都會說：只要看到不明的煙霧，就要趕快逃命。
喂！這些煙是什麼？
糟糕！我們要快點逃跑啊！
因為那個可怕的守護者，將會現身於煙霧之中。
而我，就是那個可怕的守護者！大名鼎鼎的「牛牛煙」！
是守護者！
哇啊啊啊！
不過，該怎麼說呢，事實上，這些煙並不是我的「技能」。
我就直說吧，這些煙是從我身體裡面冒出來的煙。
我的體內一直以來都在燃燒著，我的時間已經不多了……
我啊，從一開始就沒有被「洗腦」，我一直記得自己身為人類的記憶。
為了壓抑我體內的「火苗」，我用盡全力讓自己不被「憤怒」給吞噬，但我的身體已經快不行了啊。

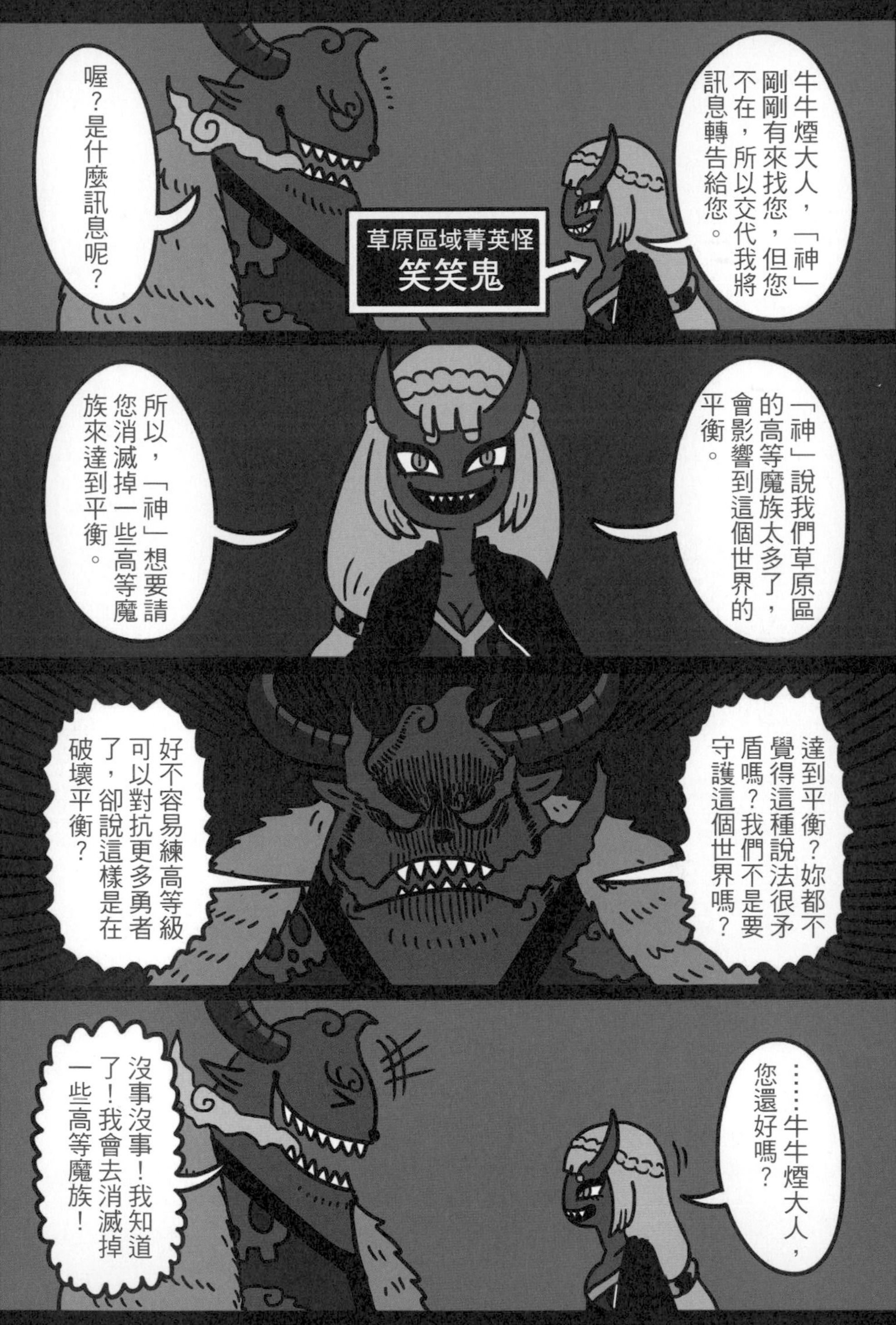
牛牛煙大人，「神」剛剛有來找您，但您不在，所以交代我將訊息轉告給您。
草原區域菁英怪
笑笑鬼
喔?是什麼訊息呢?
「神」說我們草原區的高等魔族太多了，會影響到這個世界的平衡。
所以，「神」想要請您消滅掉一些高等魔族來達到平衡。
達到平衡?妳都不覺得這種說法很矛盾嗎?我們不是要守護這個世界嗎?
好不容易練高等級可以對抗更多勇者了，卻說這樣是在破壞平衡?
……牛牛煙大人，您還好嗎?
沒事沒事!我知道了!我會去消滅掉一些高等魔族!

牛牛煙大人！您說您要消滅我們來達到這個世界的平衡嗎？
能為這個世界奉獻生命真是太棒了！
這樣我們就能到更美好的地方了吧！
是啊！你們是魔族的驕傲！你們一定會去更美好的地方！
感謝你們一直以來的努力與付出！我以你們為榮！
笑笑鬼，就由妳來動手吧，拜託了……
好的！
為了魔族！
為了世界平衡！
耶哈！
太棒了！

喂！我發現牛牛煙大人有擺出「奇怪的表情」呢！
對！剛剛在消滅高等魔族的時候，我也有看到！
……
「神」說過，發現有奇怪表情的魔族時，要馬上通知神！
是啊！那我們得快點去通知神才行！
等一下！
就由我來通知吧！我可是草原區之中，除了牛牛煙大人以外，等級最高的魔族了！
我還想在神面前有多一點表現的機會呢！
大姐頭說得是！就請您去通知神吧！
您成為守護者後可要多多關照我們啊！
當然！

森林區域
牛牛煙，今天來找我又有什麼事呢？
蓬蓬鳥，我的時間已經不多了，我就直接講重點吧。
我們原本是人類，但是被那個「神」變成了魔族，
我們所謂的「世界」其實只是一個提供勇者練等的地方罷了。
而這個地方就叫作「魔族狩獵場」！
我們就是那些等著被狩獵的魔族！
你幹嘛擺出那種奇怪的表情說那些奇怪的話啊？
完全聽不懂！你再這樣，我就要通知「神」了喔！

我沒有在開玩笑！我說的都是真的！你看看從我體內冒出的火焰！
這全都是那個「神的使者」所下的詛咒啊！
好啦！不要再說這些奇怪的話了！完全不知道你在說什麼！
我有準備一些下午茶要與你共享，這才是最重要的！
蓬蓬鳥，把我變成妳的經驗值，讓妳自己變得更強大吧！
你在說什麼啦！快點變回平時那個幽默的牛牛煙吧！
剛剛那些話全都是在開玩笑啦！有被我嚇到嗎？
這次的玩笑一點都不好笑！以後不要再說這種話了！

我很喜歡與你一起享受下午茶呢！
我也是啊！謝謝妳每次都幫我準備一份！
該怎麼說呢，跟你在一起的時候總是感覺特別安心！
……
也許因為你是守護者吧！啊，不過我自己也是守護者！哈哈！
哈哈哈！守護者的確是個會令人安心的存在呢！
夕陽真美啊。
對吧！

在成為「牛牛煙」之前，我是個醫生，村裡的大家都很尊敬我，我也很喜歡大家。
因為我們的村莊很貧窮，所以我從來都不跟病人收錢，雖然貧窮，但我們很幸福。
但是，某天，那位被稱為「召喚勇者」的男人，將我們帶到「魔族狩獵場」，
並且把我們整個村莊的人都變成了魔族，我永遠都不會忘記那一天有多麼可怕。
就這樣，我們大家都變成了魔族，並且被「神的使者」給「洗腦」了。
大家似乎都忘記自己身為人類的記憶了，但我還記得，我並沒有被洗腦。
我也記得我美麗的妻子變成了什麼模樣，雖然她也失去所有的記憶了……
不過沒關係，我會一直在一旁守護著妳，我美麗的妻子啊，即使妳不知道我是誰。

變成魔族後，其中一位「神的使者」在我們的身體裡面植入了「火苗」，
只要一生氣，體內的「火苗」就會燃燒起來，所以我一直在壓抑心中的怒火。
就這樣，我開始了在「魔族狩獵場」的生活，每天每天都要看著自己的同伴喪命，
而取走我們性命的並不是魔族，而是我們一直都很尊敬的勇者們。
不知道過了多久，連「召喚勇者」和身旁的「使者們」都已經變成下一代了，
而我也終於成為一位真正的「魔族」，我早就已經忘記身為人類的感覺了。
我唯一沒有忘記的就是要保護我的妻子，而我們兩個都當上了區域的「守護者」。
對於連同伴都沒辦法守護的我來說，「守護者」這個稱號可真是格外諷刺啊。

下次見啦！牛牛煙！
很期待下一次的下午茶呢！
牛牛煙！你可終於回來啦！
有魔族向我通知說你有異狀！

牛牛煙！聽說你擺出了奇怪的表情！
使者大人！您真是的！我的表情一直都是這樣啊！
你嘴裡吐出的煙，是你體內的「火苗」燒出來的煙嗎？
這是我的技能啦！而且我不知道您說的火苗是什麼！
是嗎？所以是我搞錯了嗎？
是啊！我才沒有什麼異狀呢！
看來有異狀的是蓬蓬鳥！那我現在馬上過去制裁她！
喂！混帳，為什麼會提到她的名字啊？

你這個混帳！為什麼要提到蓬蓬鳥？
哼！你們這些守護者的底細我們都知道！我也知道你和蓬蓬鳥曾經是夫妻！
會有這種反應，就表示你還記得身為人類時的記憶吧？
說！你到底恢復記憶多久了？
多久了？
我打從一開始就沒有失去記憶啊！
你們這些混帳所做的每一件事我可都記得很清楚！

我想知道，像你這樣忍耐了那麼久，你的身體……
嚐嚐我的憤怒吧！
你的身體應該很難受吧？這種難受是有辦法忍受的嗎？
說實話，我真的很好奇啊！你的身體裡面應該快被燒光了吧？
接下我的全力一擊後竟然毫髮無傷？
我長久以來所累積的憤怒，是如此的不痛不癢嗎？

那位「憤怒先生」舉起了手，一瞬間，似乎所有的溫度都從世界上消失了。
牛牛煙此刻只感受到憤怒先生手上火焰的溫度，要是被那個打中的話，就完了吧？
牛牛煙全身上下的憤怒突然間全部都轉換成了「恐懼」，牛牛煙吐不出煙來了。
他絞盡腦汁在思考，面對憤怒先生這樣的強敵，他到底該做些什麼？
先撤退，再努力個十倍？一百倍？不，要是再努力一百倍就能打敗他的話倒還好，
但牛牛煙知道，怎樣都無法打敗他啊，在這時候，牛牛煙用盡全力擠出了一些話：
大人，請饒過我吧！我可以為你們做任何事！或是再洗腦我一次也可以！拜託您！
牛牛煙終於發自內心的露出笑容了，這是他來到魔族狩獵場後第一次真心的笑著。

!!
你把你的「求饒」想得太有價值了！「守護者」的位子是隨時可以被取代的！
像你這樣意志堅定的人，「洗腦」幾次都沒用！你能為我們做的事就是「消失」！
別想逃！你以為你逃得了嗎？
笑笑鬼？妳怎麼在這裡?!

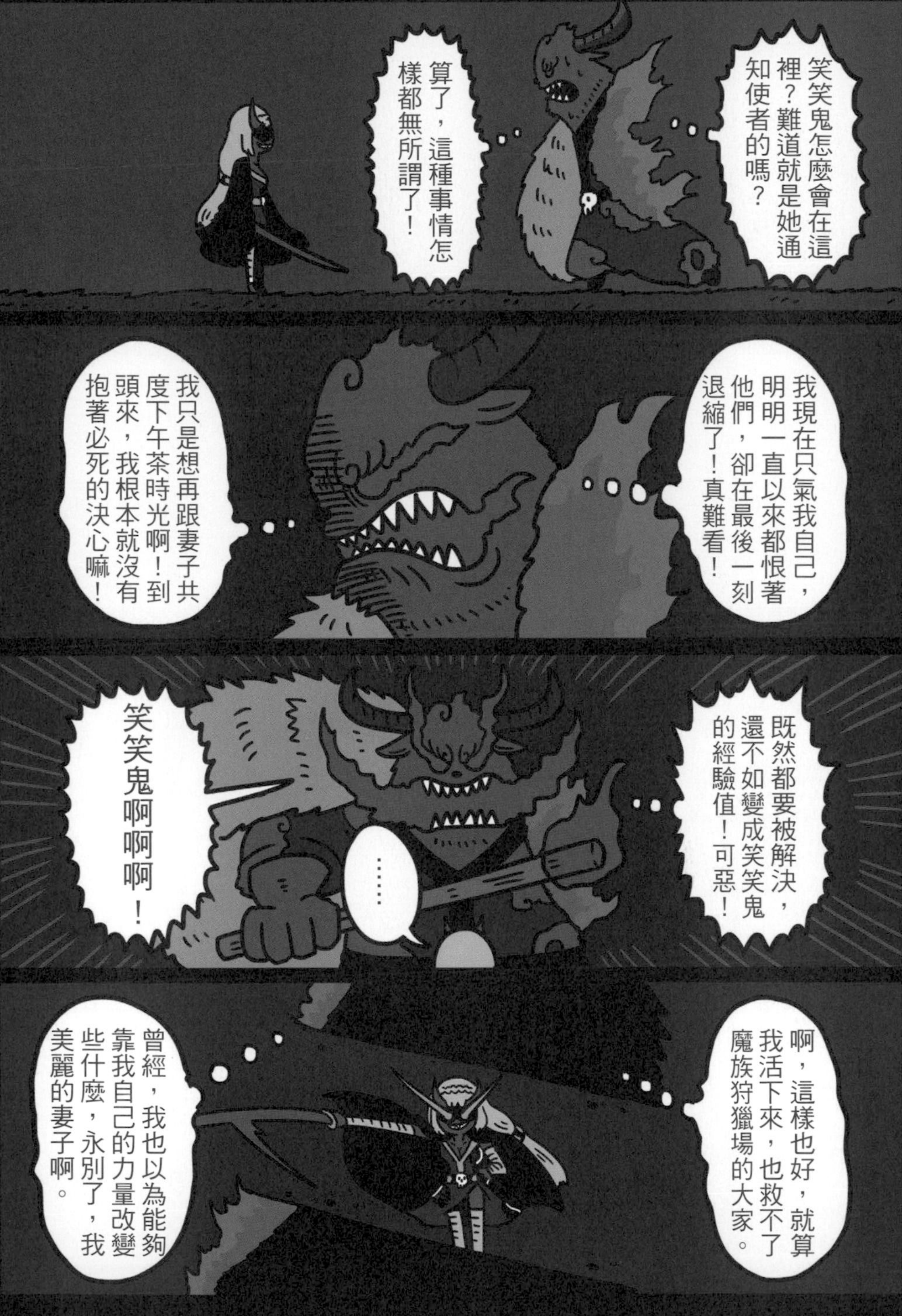
笑笑鬼怎麼會在這裡？難道就是她通知使者的嗎？
算了，這種事情怎樣都無所謂了！
我現在只氣我自己，明明一直以來都恨著他們，卻在最後一刻退縮了！真難看！
我只是想再跟妻子共度下午茶時光啊！到頭來，我根本就沒有抱著必死的決心嘛！
既然都要被解決，還不如變成笑笑鬼的經驗值！可惡！
……
笑笑鬼啊啊啊！
啊，這樣也好，就算我活下來，也救不了魔族狩獵場的大家。
曾經，我也以為能夠靠我自己的力量改變些什麼，永別了，我美麗的妻子啊。

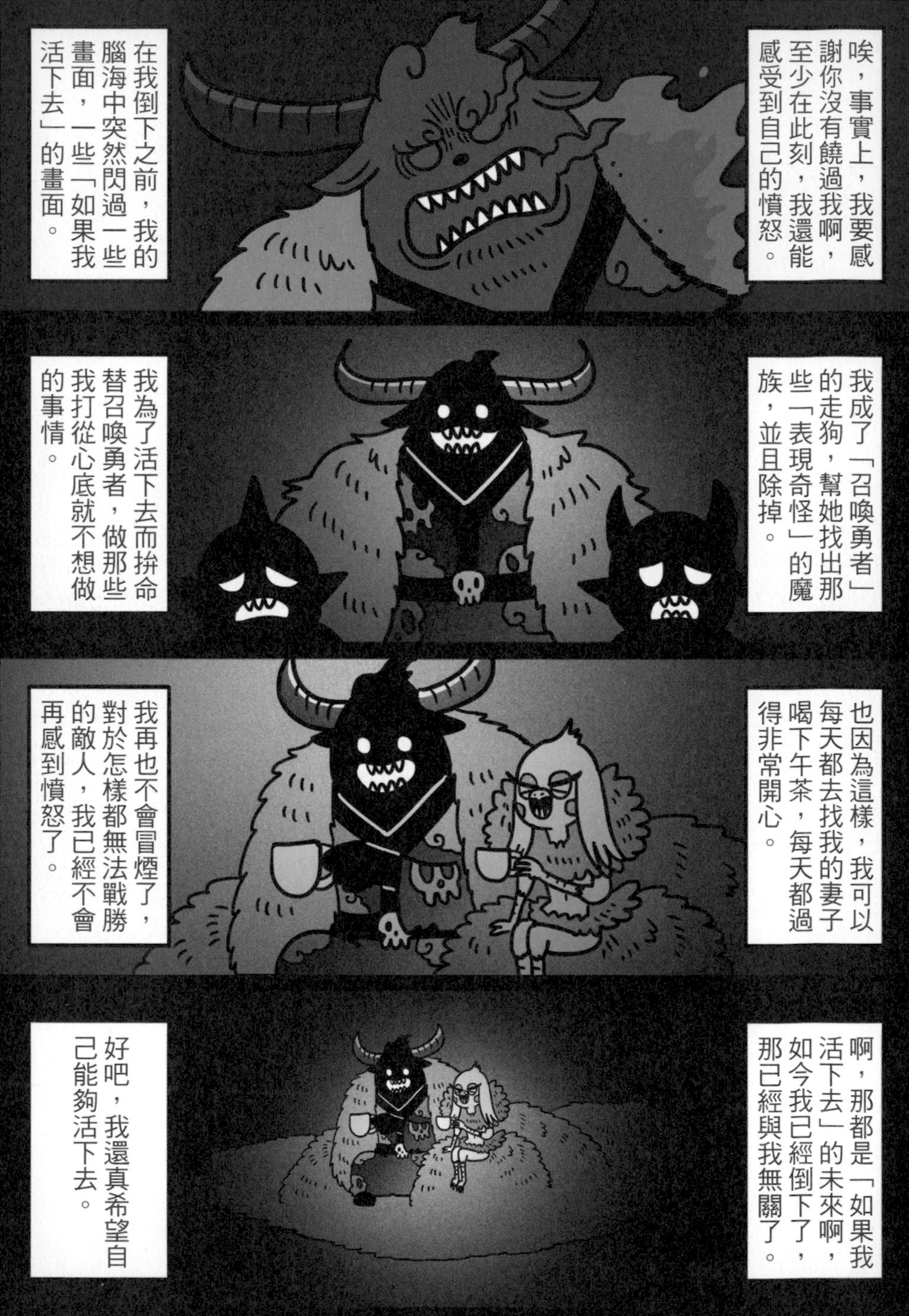
唉，事實上，我要感謝你沒有饒過我啊，至少在此刻，我還能感受到自己的憤怒。
在我倒下之前，我的腦海中突然閃過一些畫面，一些「如果我活下去」的畫面。
我成了「召喚勇者」的走狗，幫她找出那些「表現奇怪」的魔族，並且除掉。
我為了活下去而拚命替召喚勇者，做那些我打從心底就不想做的事情。
也因為這樣，我可以每天都去找我的妻子喝下午茶，每天都過得非常開心。
我再也不會冒煙了，對於怎樣都無法戰勝的敵人，我已經不會再感到憤怒了。
啊，那都是「如果我活下去」的未來啊，如今我已經倒下了，那已經與我無關了。
好吧，我還真希望自己能夠活下去。

妳怎麼擅自把牛牛煙給解決了?!
因為我看到牛牛煙對您出手啊！大人！
凡是對「神」與「神的使者」出手的魔族，都應該被消滅啊！
我只是做了身為魔族該做的事罷了！希望大人能理解！
很好！妳這樣做就對了！笑笑鬼！從現在起，
妳就是「草原區域守護者」了！
謝謝大人，這是我的榮幸啊！
我一定會好好當個稱職的守護者！

恭喜妳當上草原區的守護者啊！笑笑鬼！
謝謝各位前輩，很榮幸可以當上守護者！
聽說牛牛煙對「神的使者」出手，然後就被「處理」掉了。
哈哈！真是搞不懂牛牛煙啊！怎麼會做這種事情呢？
牛牛煙果然很奇怪！好險我昨天跟他喝完下午茶後，就馬上通知「神」了！
原來是妳通知的啊！妳真是立了大功呢！
笑笑鬼！歡迎妳加入「守護者」的行列！
讓我們一起努力守護這個世界吧！

在「草原區」之中，有一個除了我以外都沒人知道的「隱藏洞窟」。
每當我的「內心」無法平復時，都會來到這裡讓自己好好的靜下心來。
洞窟最深處的牆上，有許多被我雕刻出來的人類臉孔，他們都是我曾經認識的人。
我還是人類時，生過一場大病，有位醫生救了我，他沒向身無分文的我收任何錢。
他和他的妻子照顧了我好幾年，甚至把我當女兒一樣呵護，他們是我的救命恩人。
而我也一直都把這位醫生當成爸爸看待，就算他變成牛牛煙也一樣。
但是，最後卻是我親手把您的生命給結束掉……
為什麼……為什麼如此善良的你們會遇到這種事？

在很久之前，我就發現牛牛煙還保有人類的記憶了，但我一直沒說出來。
在這個「魔族狩獵場」中，有太多不確定因素了，我只敢默默守在牛牛煙身邊。
當其他人發現牛牛煙有異狀，想要通知「神」的時候，說實話，我非常緊張。
我很快就阻止了他們，思考了一下該怎麼做以後，我決定向牛牛煙坦承一切。
只可惜，一切都來不及了，「神的使者」已經發現牛牛煙有異狀了。
最後，為了不讓牛牛煙白白成為使者的經驗值，我決定親手解決他。
沒人知道我們在「魔族狩獵場」所經歷的苦難，我們什麼事情都做不了。
要是這個世界上真有神的存在，可以派真正的「神的使者」來拯救我們嗎？

第四集（完）

番外篇

魔族狩獵場生存指南

來到了「魔族狩獵場」
你是第一次來魔族狩獵場的勇者吧？我是這裡的解說員唷！
首先要請你在「責任同意書」上面簽名，自己的性命要由自己負責喔！
遇到了魔族狩獵場的解說員

你是第一次來魔族狩獵場嗎？
好吧，這樣我也算是你的前輩，讓我教你怎麼在這裡生存吧。
聽完解說員的說明後
遇到了一位看起來很老練的勇者

你說……我的眼睛是不是在這裡受傷的？
不，我的眼睛根本沒瞎，這只是裝飾品而已。
在這個地方，你必須要讓自己的外表看起來很強悍……
當魔族出現時，你要展現出你比這個強悍外表看起來還要更強的氣魄，即使你沒那麼強。

你會需要這本筆記的，我在魔族狩獵場所學到的一切都在這本筆記裡了。
免費給你？當然不是！你怎麼會覺得可以免費得到過來人的經驗呢？不過我會用一個相當合理的價錢賣給你的。

支付了金錢以後
得到了「某位勇者的筆記」

1

第一點也是最重要的一點：
「打不贏就逃跑」！
魔族狩獵場的魔族不會繼續追打選擇逃跑的勇者，
所以只要看情勢不對，
別猶豫，逃跑就對了。

事實上，
不會追打逃跑的勇者這件事
讓我感到相當疑惑，
為什麼這裡的魔族
不會追上來呢？
感覺就好像是……
算了，
正因為這樣，
我們才能在這裡
安心的練功。

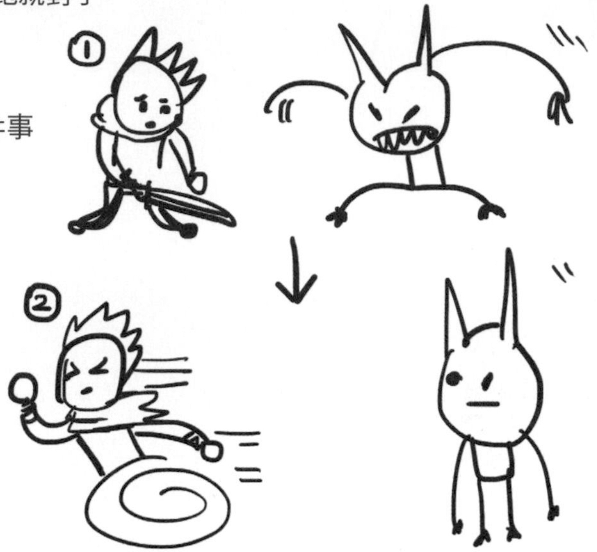

2

治療水要在入場前先自己準備好，
魔族狩獵場中雖然也有商店，
但比外面的還要貴一倍，
不要花這種冤枉錢，
先準備好補給品再入場吧。

3

新手千萬不要去火山區域和冰山區域，
那邊的魔族很強，
新手很可能連逃跑的機會都沒有。

4

不要搶別人的怪，
會引起別人的不滿，
有可能被其他勇者攻擊。

5

面對其他勇者，
就算逃跑也沒用，
和這裡的魔族不一樣，
就算選擇了逃跑，
其他勇者還是會追上來。

6

新手建議找隊友一起行動，
最好找和自己專長不一樣的，
一個隊伍如果可以對付各種情況
是最好的。

7

臨死前的魔族有時會露出那種
引人憐憫的眼神，
不要被他們騙了！
儘管動手把他們消滅就對了，
他們都是敵人。

8

曾經見過突然自己全身著火的魔族，
明明旁邊也沒有看到魔法師。
這種現象非常罕見，
雖然不知道到底怎麼回事，
但感覺很不妙，
真的遇到這種狀況的話，
還是先迴避一下吧。

9

有時候會感覺有些魔族
有點像人類，
但那是錯覺，
魔族就是魔族，
別被這種感覺影響了判斷。

10

有些魔族的掉落物是人類的物品，
這一定是因為那些魔族
曾經襲擊過那些人類吧，
魔族真是可惡，
也願那些人類安息。

11

曾經遇過一些魔族有著我家鄉的口音，
我家鄉的口音相當特別，
沒想到魔族連模仿口音這種事都做得到，
真是非常卑鄙狡猾。
利用家鄉口音讓勇者降低戒心這種事
實在是無法原諒，
說起來，
我也很久沒回去家鄉一趟了呢。

12.

要記得在「維修時間」前離開，
不然會強制被傳送到入場處，
屆時還得多繳一筆傳送費，
所以在裡面，
時時刻刻都要注意時間才行。

13

要小心有些勇者會偷偷對其他勇者出手，
他們會襲擊其他勇者
並奪走裝備與金錢，
事實上，我也遇過這種事，
只是對方被我打敗了。

14

穿一些讓自己看起來很兇狠的裝備吧，
除了會讓魔族害怕你，
也會讓自己不那麼容易
被其他勇者襲擊。

15

外面有許多勇者看不起來
魔族狩獵場練功的勇者，
因為他們覺得在外面練等
才是真正的勇者，
不用理會他們，
等級才是最重要的。

你覺得這本筆記很有用是嗎？
當然！這本書也可以算是我的人生！
啊。
你看，那麼快就有魔族不請自來了。
總之我先跟你組隊吧，這樣你也會比較放心。

你們……是勇者對吧？
勇者……是人類……但我記得我也是……
我記得我以前好像也是……好像也是人類才對……

聽到了魔族說的話以後
感到相當不安
別被他騙了，他是魔族。
不過這件事也該記在筆記裡才對……
為了活命，連這種謊話都說得出來嗎？魔族啊！

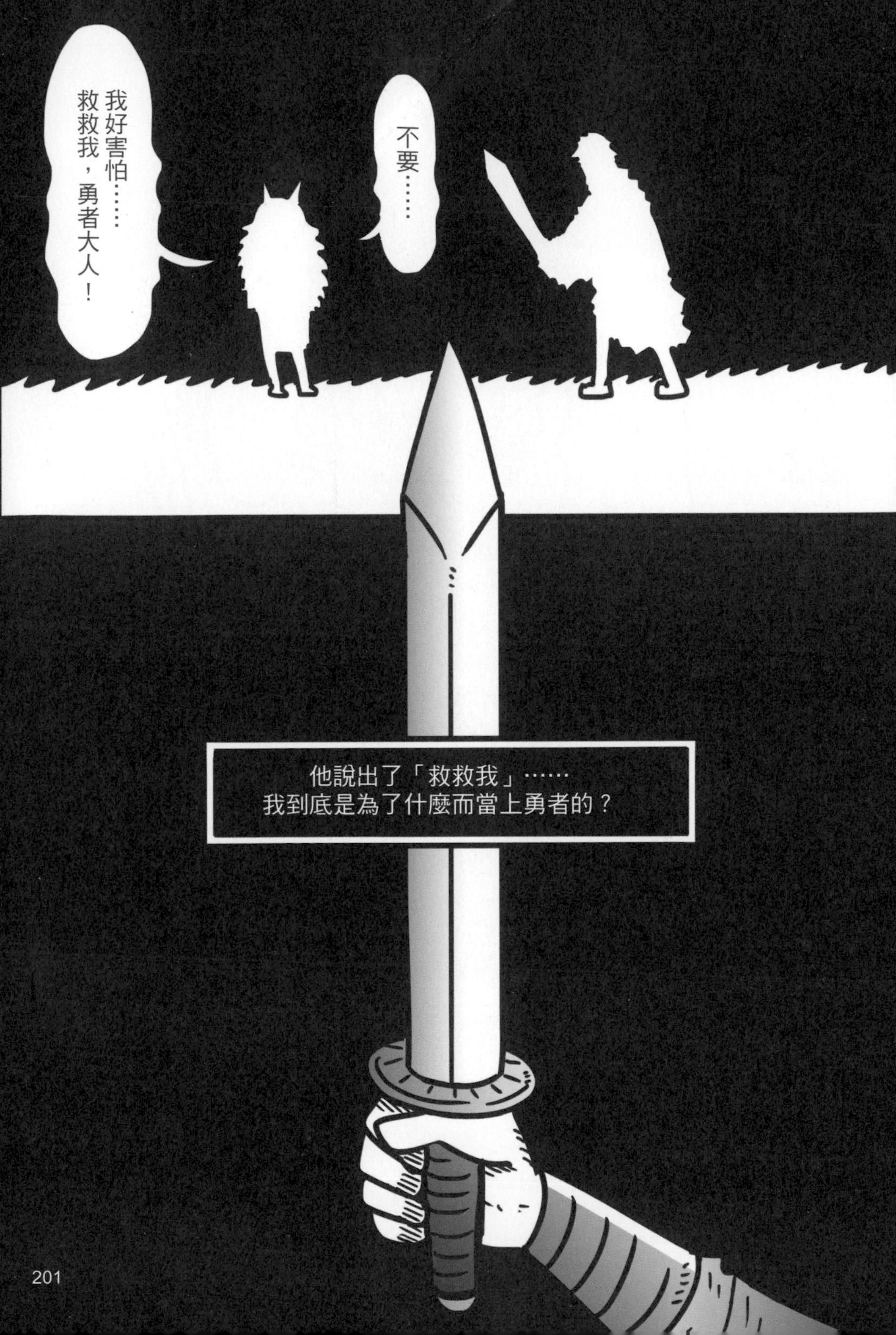

我好害怕……
救救我，勇者大人！
不要……
他說出了「救救我」……
我到底是為了什麼而當上勇者的？

打倒了勇者
得到了「看起來很強的眼罩」

你……你救了我嗎？
謝謝你……
謝謝你相信我……
我真的記得……我是人類啊……
為什麼……為什麼會這樣？
我感到好悲傷！感到好憤怒！
身體好熱……可惡！可惡！
可惡可惡可惡可惡可惡可惡可惡可惡可惡可惡可惡！
我要燒毀這一切！
我要被燒毀了！

眼前這位魔族突然燒了起來
就跟筆記上寫的一樣
我不知道發生了什麼事
算了，我也不想知道
總之，先去練功吧，
畢竟都已經繳入場費了。

勇者系列／第四集・牛牛煙與笑笑鬼／黃色書刊 著 . -- 初版 . – 臺北市：時報文化，2023.04；面；14.8╳21 公分 .
-- （Fun：097）

ISBN 978-626-353-550-3（平裝）

Fun 097

勇者系列／第四集・牛牛煙與笑笑鬼

作者 黃色書刊｜**主編** 尹蘊雯｜**執行企畫** 吳美瑤｜**美術協力** FE 設計｜**編輯總監** 蘇清霖｜**董事長** 趙政岷｜**出版者** 時報文化出版企業股份有限公司 108019 台北市和平西路三段 240 號 3 樓 發行專線—(02)2306-6842 讀者服務專線—0800-231-705・(02)2304-7103 讀者服務傳真—(02)2304-6858 郵撥—19344724 時報文化出版公司 信箱—10899 臺北華江橋郵局第 99 信箱 時報悅讀網—www.readingtimes.com.tw 電子郵件信箱—newlife@readingtimes.com.tw 時報出版愛讀者—www.facebook.com/readingtimes.2｜**法律顧問** 理律法律事務所 陳長文律師、李念祖律師｜**印刷** 華展印刷有限公司｜**初版一刷** 2023 年 4 月 21 日｜**定價** 新台幣 380 元｜（缺頁或破損的書，請寄回更換）

時報文化出版公司成立於 1975 年，1999 年股票上櫃公開發行，2008 年脫離中時集團非屬旺中，以「尊重智慧與創意的文化事業」為信念。